ACTES SUD JUNIOR
est dirigé par Madeleine Thoby

W0362904

LA BAIE DES CONTREBANDIERS

Titre original :
Smugglers Bay
© Hodder Children's Books, Londres, 1996

© Actes Sud, 1997
pour la présente édition
et la traduction française
ISBN 2-7427-1132-5

Loi 49-956 du 16 juillet 1949
sur les publications destinées à la jeunesse

Jamais deux sans trois

FIONA KELLY

LA BAIE DES CONTREBANDIERS

Traduit et adapté de l'anglais par
SYLVIA GEHLERT

Illustrations de
JEAN CLAVERIE

ACTES SUD JUNIOR

1

LA BOUCLE D'OREILLE DE MADAME RUTHERFORD

Le soleil tapait sur la vitre de la lucarne de la petite mansarde. Pour la énième fois, Miranda Hunt rejeta sa crinière blonde en arrière. De petites gouttes de sueur perlaient sur son nez.
– Il fait au moins trente degrés à l'ombre, soupira-t-elle, et il n'est que dix heures et demie ! Ça promet !
– Ah ! On serait mieux au bord de la mer, murmura Jenny Adams en fermant les yeux. Imaginez ce soleil, avec une petite brise fraîche...
– ... avec le bruit des vagues et le chant des mouettes.
– Voilà qu'elle entend chanter des mouettes, s'exclama Peter Hamilton. Il est temps de la mettre à l'ombre.

Et il poussa Miranda sur une pile de coussins, dans un coin de la mansarde.

Ce matin d'août, les trois amis s'étaient retrouvés dans leur quartier général, une petite pièce qu'ils avaient aménagée en agence de détectives dans le grenier de la maison des Hamilton.

Affalée sur les coussins, Miranda regarda Jenny qui enfonçait une punaise rouge dans le grand plan de Londres et des environs qu'ils avaient accroché au mur.

– Ah non, Jenny ! Pitié ! On ne va pas ouvrir une enquête pour retrouver la boucle d'oreille de Mme… Comment elle s'appelle déjà, votre voisine ?

– Mme Rutherford, dit Jenny. Elle dit qu'elle est sûre d'avoir posé ses boucles sur le rebord de la fenêtre. Et quand elle est revenue dix minutes plus tard, l'une d'elles avait disparu. Une seule ! Vous ne trouvez pas ça bizarre ?

Peter fit la grimace.

– Quand je pense qu'on a démasqué des gangsters, piégé des voleurs et fait arrêter des cambrioleurs, je trouve qu'on est tombés bien bas. Une boucle d'oreille ! Mais qu'est-ce qu'elle avait de spécial ?

– Mme Rutherford est très attachée à ces boucles. C'était un cadeau de son mari.

– Le vieux monsieur qui est mort il n'y a pas longtemps ? demanda Miranda.

– Oui.

– Bon, dit Peter, résumons ! Mme Rutherford

laisse sa paire de boucles d'oreilles sur le rebord de la fenêtre.
– Personne d'autre n'était dans la maison, dit Jenny.
– Et dans le jardin ? demanda Miranda.
Jenny secoua la tête, faisant voler ses longs cheveux châtains :
– Personne.
Miranda se releva avec un soupir :
– Il fait trop chaud pour réfléchir. Ça irait mieux si on avait des glaçons. Si possible, avec quelque chose autour.
– D'abord la boucle d'oreille ! dit Peter. Fais un effort !
Miranda fronça les sourcils en signe de réflexion.
– Je pense que c'était un cambrioleur. Il est venu par les toits et s'est laissé glisser jusqu'à la fenêtre de la cuisine à l'aide d'une corde.
– Pour une seule boucle d'oreille ! se moqua Jenny. Et l'hélicoptère, tu y as pensé ?
– Non, mais peut-être qu'avec un jus de fruits bien frais, j'aurais plus d'idées.
Encore une fois, Miranda allait imposer sa volonté. En douceur, mais avec un entêtement sans pareil.
– J'y vais, se résigna Peter.
Il souleva la trappe et emprunta l'échelle pour atteindre le palier.
À ce moment, le téléphone sonna au rez-de-chaussée et Peter dévala l'escalier pour répondre.

– Dépêche-toi ! Ça doit être Interpol ou Scotland Yard ! lui cria Miranda. Dis-leur qu'on veut bien les aider dans l'affaire des boucles d'oreilles.

– Je pense plutôt que c'est ma mère ! soupira Jenny. Elle veut m'emmener acheter des affaires pour la rentrée.

– Ne prononce pas ce mot de malheur ! s'écria Miranda en se bouchant les oreilles. Encore dix jours de liberté ! Dix jours de...

Elle s'arrêta net.

– On ne va quand même pas passer le reste des vacances à chercher une boucle d'oreille ! Bonjour l'aventure ! Je commence à comprendre les gens qui s'embêtent en vacances.

– Vous ne devinerez jamais, lança Peter en remontant l'escalier quatre à quatre.

– C'était Interpol ! dit Miranda.

– Non, c'était mon père. Il doit partir en voyage d'affaires.

M. Hamilton travaillait dans un bureau d'architectes. Il vivait seul avec son fils à Highgate, dans la banlieue nord de Londres. La mère de Peter était morte quand il était tout petit.

– Et comme il ne veut pas te laisser seul ici, tu es obligé de l'accompagner, dit Jenny.

– Oui. Comment tu as deviné ?

– Elle n'a pas deviné, elle a réfléchi, dit Miranda. Aucun père sensé n'oserait laisser un gamin comme toi tout seul, voyons.

Peter se contenta de lui lancer un regard détaché.

– D'après ce que j'ai compris, il doit restaurer une serre ancienne dans une propriété, en Cornouailles.

– Emporte beaucoup de bouquins, sinon tu vas drôlement t'embêter !

– Pas du tout ! J'irai me baigner tous les jours. Matin, midi et soir.

– Quoi ??? firent Jenny et Miranda d'une même voix.

– Et oui, c'est au bord de la mer !

– Veinard ! soupira Jenny.

– Lâcheur ! cria Miranda. Et tu vas rester combien de temps ?

– Une semaine. Ça vous dirait de venir avec nous ?

– Pardon ?

– Comment ?

Peter leur décocha un large sourire.

– J'ai demandé à mon père s'il ne pouvait pas nous emmener tous les trois.

Miranda donna un coup de coude enthousiaste à Jenny.

– C'est génial, non ? Exactement ce dont on rêvait !

– Tu crois que c'est possible ? demanda Jenny.

– Il paraît que la maison est très grande, et qu'il n'y a aucun problème pour me loger. Et là où il y a de la place pour un, il y a forcément de la place pour les deux autres.

– Je suis d'accord, dit Miranda. Jamais deux sans trois !

– Et quand est-ce qu'on saura si on peut venir ou pas ?
– Mon père demande à son client et il nous rappelle tout de suite.
– On croise les doigts et on y pense très fort ! murmura Miranda. Je sens que ça va marcher.
Le téléphone sonna, et Peter redescendit l'escalier à toute vitesse.
Les deux filles se penchèrent par-dessus la balustrade.
– Qu'est-ce qu'il dit ? chuchota Miranda.
Jenny haussa les épaules.
– Je n'entends rien.
– C'est d'accord ! cria Peter d'en bas. Mon père a parlé à M. Allenbury. On peut tous y aller ! Il paraît que la maison est immense. Et en plus…
Il fit une pause pour ménager le suspense.
– En plus, il y a une plage privée !
– Ouaou ! fit Jenny. Il a l'air d'être drôlement riche, ce M. Allenbury !
– C'est un milliardaire ? demanda Miranda.
– Mais non ! Je crois que c'est tout simplement quelqu'un de très gentil. Seulement…
Peter fit une grimace.
– Il y a un os ? demanda Jenny.
– Je sais ! s'exclama Miranda. M. Allenbury a une vieille gouvernante qui enferme les enfants dans un placard s'ils ne finissent pas leur soupe. Et un jardinier fou qui les poursuit avec sa tondeuse.

– Non, mais il a une fille. Et il pense qu'elle sera ravie d'avoir de la compagnie.
– Qu'est-ce qu'il y a de mal à ça ? demanda Jenny.
– Je vois, dit Miranda. Ça doit être le genre d'enfant gâtée qui fait fuir tout le monde.
– Elle n'a que sept ans, dit Peter. Cinq ans de moins que nous !
Jenny et Miranda se regardèrent.
– Un an de moins qu'Arthur ! s'exclama Jenny en pensant à son petit frère avec lequel elle entretenait des relations parfois difficiles.
– Mais au moins, c'est une fille, remarqua Miranda. Ça aurait pu être pire.
– Oui, dit Peter. Elles auraient pu être deux ! Des jumelles ! Deux petites chipies au lieu d'une ! Que ça soit bien clair entre nous : il ne faudra pas me demander de jouer à la poupée avec elle. Vous n'aurez qu'à vous en occuper !
– Calme-toi ! On va passer une semaine tous ensemble au bord de la mer. Ce n'est pas une petite fille gâtée qui va nous gâcher nos vacances, je te le promets !
Miranda écarta la mèche qui s'obstinait à tomber sur les yeux de Peter et lui fit claquer une bise sur le front.
– Et merci d'avoir pensé à nous emmener ! Tu sais, pour un garçon, tu es plutôt sympa.
– Arrêtez votre comédie ! coupa Jenny. Il faut encore qu'on demande à nos parents s'ils sont d'accord.

– Je peux te dire que les miens seront ravis. Ils vont se retrouver tout seuls, comme des amoureux. Mes sœurs sont dans un camp de vacances en France et moi je vais me bronzer sur une plage privée en Cornouailles. Le pied ! Quand est-ce qu'on part ?

– Demain matin.

– Déjà ? s'écria Jenny. Et la boucle d'oreille de Mme Rutherford ?

Miranda poussa un grand soupir.

– On s'en occupera en rentrant. Pour l'instant, on part en Cornouailles, Jenny ! Ce serait quand même étonnant qu'on ne déniche pas un vrai mystère bien épais pendant qu'on y sera !

– Jenny ! appela Mme Adams le lendemain matin. M. Hamilton vient de téléphoner. Il viendra te chercher dans cinq minutes. Tu es prête ?

– Presque, répondit Jenny de sa chambre.

Elle appuya sur son sac à dos pour le fermer et glissa son carnet de notes dans une des poches extérieures. Elle réfléchit. Maillot de bain ? Oui ! Lunettes de soleil ? Aussi. Le walkman, les cassettes et le chargeur de piles ? Oui ! Son nouveau roman policier ? Oui !

Elle regarda autour d'elle. Qu'est-ce qu'elle aurait bien pu oublier ? Rien ! Ah si ! Elle monta sur son lit et prit la lampe de poche sur l'étagère. Après tout, Miranda avait peut-être raison. Elle glissa la lampe dans l'autre poche, avec les paquets de biscuits que sa mère lui avait achetés pour la route. C'était gentil. Mais pourquoi fourrés à la fraise ? Jenny soupira. Au bout de douze ans, sa mère n'avait toujours pas retenu qu'elle détestait les fraises.

Elle alla fermer la fenêtre de sa chambre. Dans le jardin de Mme Rutherford, deux grands oiseaux au plumage chatoyant se chamaillaient à grand bruit sur une des branches du sapin. Jenny les reconnut. C'étaient des pies. Des pies… voleuses ? Entre deux branches, Jenny aperçut une masse touffue. Leur nid ! Soudain, tout devint clair pour Jenny. Elle ferma la fenêtre, prit son sac à dos et descendit en courant.

– Tu as pensé à prendre un pull chaud ? demanda Mme Adams.

– Bien sûr ! lui répondit Jenny à tout hasard en filant vers la porte d'entrée. Je vais vite voir Mme Rutherford. J'ai une bonne nouvelle pour elle.

2

BIENVENUE À PIERRES GRISES !

– Alors c'est une pie qui la lui aurait chipée ? demanda Miranda, incrédule.

Au bout de trois heures de trajet, Jenny avait enfin trouvé l'occasion de raconter comment elle avait élucidé la disparition mystérieuse de la boucle d'oreille de Mme Rutherford. Car depuis leur départ de Highgate, Miranda n'avait cessé de parler. La veille au soir, elle s'était couchée avec un livre sur la région de Cornouailles qui se trouve au sud-ouest de l'Angleterre, et elle avait passé une bonne partie de la nuit à lire des histoires de pirates, d'épaves et de contrebandiers. Le résumé qu'elle en fit à ses amis n'était guère plus court que l'original mais certainement bien plus palpitant.

À l'heure qu'il était, ils roulaient à travers les paysages bucoliques de Cornouailles, sur des routes champêtres, bordées de haies.

– Ces pies, reprit Jenny, je les avais pourtant souvent vues dans notre jardin. Mais c'est seulement ce matin que j'ai fait le rapprochement. Tout à coup, je me suis souvenue d'une chose que m'avait dite mon grand-père quand j'étais petite : les pies sont attirées par des objets qui brillent et les emportent dans leur nid.

– C'est ce que tu as dit à Mme Rutherford ?

– Oui.

– Et elle t'a crue ?

– Mais oui ! Ça lui paraissait évident.

– Et elle a grimpé sur le sapin pour fouiller dans le nid ?

– Non. Elle y enverra son petit-fils quand il viendra la voir.

– Il y trouvera probablement plein d'autres choses, dit Peter. Des capsules de bouteilles, des papiers de bonbon argentés, peut-être même des petites cuillères. Les pies sont des oiseaux très astucieux.

Il ouvrit la boîte à gants et sortit un étui.

– J'ai emporté mes jumelles. Comme ça, on pourra observer les oiseaux du bord de mer. Ça nous changera des pies et des moineaux de Highgate.

– C'est sûr, dit M. Hamilton, et ça vous occupera. Il ne faudra pas trop compter sur moi pendant notre séjour là-bas, j'aurai vraiment beaucoup de travail.

– Ne vous en faites pas pour nous, dit Miranda, on se débrouillera très bien tout seuls.
– Mais pas de bêtises, c'est compris ?
– Vous nous connaissez ! dit Jenny.
– Justement !
Sans autre commentaire, M. Hamilton jeta un regard sur la carte qui était dépliée sur le tableau de bord, devant Peter.
– On ne doit pas être loin maintenant. Il faudra bientôt bifurquer.
Peter se pencha sur la carte.
– Oui, dit-il, à droite, dans un kilomètre à peu près.
Tout à coup, la bordure de haies prit fin et une vue somptueuse sur la mer étincelante sous le plein soleil de l'après-midi s'offrit à leurs yeux.
Miranda chercha la main de Jenny et la pressa. Elles se regardèrent, ravies, emportées par la beauté du moment.
– Elle a l'air bonne ! s'exclama Peter. J'ai bien envie de piquer une tête dès qu'on sera arrivés. Pas vous ?
– Si tu me dis d'abord où je dois tourner, fiston !
– À la pancarte, là-bas !
Sur la droite apparurent deux grands piliers en pierre qui encadraient les deux battants d'une grille en fer forgé largement ouverte. Sur l'un des deux piliers était gravé le nom de la propriété. Jenny le déchiffra.

– « Pierres grises », murmura-t-elle. Quel nom lugubre !

La voiture s'engagea dans une longue allée bordée d'arbres centenaires.

– C'est encore plus vaste que je n'imaginais, dit Peter.

Après un dernier tournant apparut enfin une immense bâtisse grise.

Les trois amis la regardèrent les yeux écarquillés.

– C'est immense ! dit Jenny.

– Un vrai château ! ajouta Peter.

– Bourré de fantômes ! renchérit Miranda.

– Je l'espère pour vous !

M. Hamilton arrêta la voiture devant le perron.

– Pierres grises, terminus, tout le monde descend !

Les trois amis regardèrent vers la mer. Derrière la maison, une grande pelouse descendait en pente douce jusqu'à un escalier de pierre.

– Est-ce que vous voyez le petit chemin qui part à gauche en bas des marches ? demanda Peter. Je suis sûr qu'il mène à la plage.

– À notre plage ! corrigea Miranda. On peut prendre nos maillots dans la voiture, M. Hamilton ?

Ils entendirent des aboiements et, en se retournant, aperçurent un fox-terrier qui sortait de la maison, suivi d'une petite fille rousse. Elle avait des couettes, fixées avec

de grands rubans bleus. Elle se baissa et prit le petit chien dans ses bras.
– Il ne mord pas ! dit-elle. Bonjour ! Moi, c'est Lucy. Et vous ?
Pendant que Miranda faisait les présentations, Jenny scrutait la petite fille. Elle portait un short usé et un tee-shirt à rayures. Ses yeux, qui étaient du même bleu lumineux que les rubans de ses couettes, les fixaient avec curiosité. Jenny lui sourit. Lucy n'avait vraiment pas l'air d'une chipie.
– Et lui ? demanda Peter, il s'appelle comment ?
– Puzzle, répondit Lucy. Tu aimes les chiens ?
– Beaucoup, dit-il en caressant Puzzle. Surtout les fox-terriers.
Lucy rayonna. Jenny se pencha vers Miranda.
– Plutôt sympa, non ? chuchota-t-elle.
Miranda acquiesça d'un signe de tête.
– Restent plus que le jardinier fou et la gouvernante toquée, murmura-t-elle en roulant les yeux.
– Bienvenue à Pierres grises ! Je suis Mme Trelawny, la gouvernante.
Une petite femme rondelette était apparue dans le cadre de la porte d'entrée.
De la main gauche, elle tenait un plumeau dégarni, de l'autre une botte de carottes. Voyant l'air ébahi des deux filles, elle sourit.

– Ne vous faites pas de souci ! Je n'ai pas pour habitude d'épousseter les carottes. C'est seulement que je viens de retrouver mon plumeau tout déplumé dans le couloir.
Elle prit une grosse voix :
– Et je sais où se trouve le coupable, petit chenapan !
Dans les bras de sa maîtresse, Puzzle se fit tout petit.
– Papa ! s'écria Lucy. Ils sont arrivés !
Jenny se retourna. Traversant la grande pelouse, deux hommes remontaient vers la maison. L'un, grand et brun, vêtu d'un pantalon de velours côtelé et d'une chemise blanche à col ouvert, parlait à l'autre, plus petit et râblé, qui portait un pull de marin et un pantalon de travail maculé de taches. Sous ses cheveux hirsutes, couleur sable, son visage était renfrogné. L'homme à la chemise blanche parlait à grand renfort de gestes, et Jenny nota qu'il paraissait très mécontent. Soudain, l'autre s'arrêta brusquement, puis rebroussa chemin et se dirigea vers l'escalier de la plage. Au bout de quelques pas, il tourna subrepticement la tête, fixa le groupe devant la maison, puis s'éloigna définitivement. Jenny frissonna. Le regard que l'homme leur avait jeté n'était guère amical.
– Des contrebandiers ! chuchota Miranda.
– Arrête tes bêtises, tu veux ! répliqua Jenny à voix basse.

Miranda se contenta de hausser les épaules, mais sa mine intriguée traduisait clairement qu'elle croyait dur comme fer à ce qu'elle venait d'avancer. Jenny soupira. Avec son goût pour les histoires rocambolesques, Miranda risquait tôt ou tard de s'attirer de sérieux ennuis.

Lucy avait lâché Puzzle pour s'élancer vers l'homme aux cheveux bruns.

– Papa ! cria-t-elle. Viens vite, que je te les présente !

M. Allenbury saisit sa fille et la fit s'asseoir sur ses épaules, puis s'approcha d'eux en souriant. Avec son visage bronzé et sa chemise blanche décolletée, il ressemblait effectivement un peu à un pirate.

Du haut des épaules de son père, Lucy présenta les trois amis et M. Allenbury leur serra la main en leur souhaitant la bienvenue dans sa maison.

– Je suis très heureux de vous accueillir ici, et, comme vous voyez, je ne suis pas le seul. Lucy vous montrera la maison et Mme Trelawny se fera un plaisir de vous préparer des gourmandises. C'est une cuisinière hors pair, et son chocolat chaud est réputé à cent kilomètres à la ronde. N'est-ce pas madame Trelawny ?

– Vous exagérez, monsieur Allenbury ! fit la gouvernante en rosissant sous son chignon, puis elle s'exclama : Ciel, mon poulet ! Je ne l'ai toujours pas mis à la broche !

Et elle disparut dans la maison en agitant sa botte de carottes.

M. Allenbury serra la main de M. Hamilton, et les deux hommes commencèrent à parler des travaux de restauration.

– Comme vous avez pu le voir sur les dessins que je vous ai envoyés, c'est une très belle serre de la fin du XIXe siècle. Elle se trouve malheureusement dans un état déplorable. J'ai acheté cette propriété il y a quelques mois seulement, et comme je suis un grand amateur de plantes exotiques et d'architecture, je voudrais lui redonner son aspect d'origine et y faire pousser les plantes de mes rêves.

Il posa Lucy par terre et ajouta, avec un sourire triste :

– Des orchidées, par exemple. Ma femme les aimait tant.

– Eh bien ! Allons y jeter un coup d'œil ! proposa M. Hamilton.

Il se tourna vers les trois amis :

– Et vous ? Qu'allez-vous faire pendant ce temps ?

– On aimerait bien aller se baigner, dit Peter.

– C'est une très bonne idée, dit M. Allenbury. J'espère que vous savez tous nager.

– Ne vous faites pas de souci pour eux ! intervint M. Hamilton. Je les emmène parfois à la piscine et je peux vous assurer qu'ils nagent comme des poissons.

– Tant mieux. Mais ne vous approchez pas

des falaises ! Il y a des courants qui sont très dangereux. Promettez-moi de faire bien attention !
– Promis ! dit Peter.

Dans la cuisine, Mme Trelawny venait enfin de mettre son poulet à la broche.
– Je peux aller me baigner avec eux ? demanda Lucy.
Mme Trelawny secoua la tête.
– Non, ma chérie ! Tu sais très bien que tu es trop petite et que ton père ne veut pas que tu descendes à la plage sans lui.
Les lèvres de Lucy tremblèrent. Miranda lui murmura :
– Ils se font du souci pour toi, c'est comme ça. Nous aussi, on est passés par là.
Jenny tira doucement sur les couettes de Lucy.
– Tu veux qu'on te rapporte un coquillage ?
– Oui, mais un beau, avec de la nacre. Et maintenant, je vous fais voir vos chambres.
– Attendez ! dit Mme Trelawny.
Elle leur tendit une assiette de petits gâteaux tout frais qui sentaient bon l'orange.
– C'est très léger. Juste ce qu'il faut pour calmer une petite faim après un long voyage. Vous verrez, je vais bien m'occuper de vous !
– Vous venez ? cria Lucy du haut de l'escalier pendant que Puzzle aboyait joyeusement.

– Ma chambre est géniale ! s'exclama Peter quand il vint chercher les deux filles.
– Regarde un peu la nôtre ! dit Miranda. Tu as vu comme elle est grande ? Et on a vue sur la mer, mon cher !
Elles s'étaient dépêchées de défaire leurs bagages, de mettre leur maillot et d'enfiler par-dessus un tee-shirt et un short. Leurs affaires étaient déjà rangées dans les deux grands bahuts à côté de leurs lits.
Jenny montra du doigt l'énorme armoire en chêne, à droite de la porte.
– Elle est presque aussi grande que ma chambre à la maison. Ça ferait une excellente cachette, mais il ne faudrait pas se faire enfermer dedans ! On risquerait de ne pas pouvoir en sortir.
Elle tapa sur une des portes.
– Venez voir ! C'est du solide.
Lucy suivait la conversation des grands, les yeux brillants.
– Demain, je vous montrerai le reste de la maison. Il y a des armoires encore plus grandes que ça. Vous allez voir.
– D'accord, dit Jenny. On veut tout voir.
Puzzle se remit à aboyer et Lucy se baissa pour le caresser.
– Ça va, mon grand, dit-elle, j'ai compris.
Il courut vers l'escalier et Lucy le suivit.
– Salut ! dit-elle, il faut que j'y aille. Mme Trelawny veut me voir.
– Mais comment le sais-tu ? demanda Miranda.

– C'est Puzzle qui me l'a dit, cria Lucy depuis l'escalier. C'est un chien très intelligent ! À tout à l'heure !
– Elle est pas mal, cette petite, dit Peter.
– Je le trouve mignon, Puzzle, continua Miranda.
– Et l'endroit est parfait, conclut Jenny. Je sens qu'on va bien se marrer.

– La mère de Lucy est morte dans un accident de voiture, il y a cinq ans, raconta Peter pendant qu'ils marchaient vers l'escalier de pierre. C'est mon père qui me l'a dit hier soir.
– Pauvre petite !
Jenny échangea un regard rapide avec Miranda. Le fait que Lucy ait perdu sa mère au même âge que lui semblait la rapprocher de Peter et la lui rendre sympathique. Il n'y avait plus aucun risque qu'il la considère comme une petite chipie encombrante.
Trois chemins partaient du pied de l'escalier. Les trois amis décidèrent d'emprunter celui de droite. Bientôt, ils s'aperçurent cependant qu'il s'enfonçait dans un bois touffu.
Miranda hésita.
– Il doit faire drôlement sombre là-dedans.
Jenny s'arrêta.
– On a dû se tromper. J'ai l'impression que personne n'est passé par ici depuis longtemps.

– Raison de plus pour l'explorer ! s'écria Peter en se mettant à courir devant elles.

Il s'enfonça dans le bois et disparut. Se glissant tant bien que mal entre les branches basses et essayant d'éviter les grosses racines qui encombraient le sol, Jenny et Miranda le suivirent. Tous trois se retrouvèrent au bord d'une petite clairière. À travers les cimes des pins tombait une lumière diffuse.

– Ça sent la sorcière ! murmura Miranda en pointant du doigt une maisonnette en planches qui se dressait au fond de la clairière.

La maisonnette avait un toit pointu et des fenêtres à croisillons. Çà et là, une vitre avait résisté au temps, mais les planches vermoulues, les trous dans la toiture et les hautes herbes qui entouraient la petite construction en disaient long sur son état d'abandon. Aucune sorcière n'aurait voulu y habiter.

– On pourrait en faire notre quartier général, s'exclama Peter, tout excité.

Il s'approcha de la porte, tourna l'anneau en fer forgé rouillé et poussa de toutes ses forces. La porte céda en gémissant.

Un banc en bois fixé dans l'angle encadrait une grande table rectangulaire. Contre le mur de gauche se trouvaient un petit poêle en fonte et un placard sans porte où traînaient quelques ustensiles de cuisine. Dans un coin se morfondaient deux chaises à bascule, avec leurs coussins fleuris rongés par les mites et l'humidité.

– Beurk ! fit Miranda. Ça pue le moisi là-dedans !

Jenny haussa les épaules.

– Et alors ? Il suffira d'aérer un bon coup et puis, on s'installera. On n'a plus qu'à trouver une bonne énigme à résoudre.

– Mais elle est toute trouvée ! s'exclama Miranda. Tu n'as toujours pas compris ?

– Désolée, je ne vois pas de quoi tu parles. Et toi, Peter ?

– Non plus.

Miranda s'avança vers une chaise à bascule, envoya valser le coussin poussiéreux, et s'assit en se pinçant les narines pour ne pas éternuer.

– Parfois, je vous trouve un peu bouchés, dit-elle. Vous n'avez pas remarqué que c'est un personnage hautement suspect ?

– Qui ça ? firent les deux autres d'une seule voix.

– M. Allenbury !

Jenny s'esclaffa. Miranda la foudroya du regard. Peter tenta de garder son sérieux.

– Qu'est-ce que tu lui trouves de suspect ? demanda-t-il.

– Tu peux me dire pourquoi il a acheté une si grande maison ?

Peter haussa les épaules.

– Je n'en sais rien, mais c'est son affaire. Il aime les vieilles pierres, il avait de l'argent, alors, il l'a achetée pour la restaurer. Ça se tient, tu ne trouves pas ?

– Oui, mais d'où lui venait cet argent ?

s'écria Miranda. Voilà ce que j'aimerais savoir ! Pas vous ?
– Dehors, vous là-dedans ! tonna une voix d'homme. Et que ça saute !

En moins de deux, les trois amis étaient dehors, pour se trouver face à face avec l'homme au pull marin qu'ils avaient vu en conversation avec M. Allenbury. Il avait l'air furieux.
– Qu'est-ce que fichez là-dedans ?
– Rien, dit Jenny. On a juste voulu jeter un coup d'œil. Par curiosité.
– Par curiosité ! ricana l'homme. Elle est bien bonne, celle-là ! Eh bien, si je peux vous donner un conseil : mêlez-vous de ce qui vous regarde, et ne remettez plus jamais les pieds ici ! C'est un endroit dangereux !
Il grimaça un sourire et tenta d'adoucir sa voix rauque.
– Vous voyez bien l'état de cette baraque ! Je ne voudrais pas que le toit vous tombe sur la tête !
Miranda passa devant lui et lui jeta un regard dédaigneux.
– C'est vrai qu'elle est pourrie, fit-elle. D'ailleurs, elle ne nous intéresse pas du tout. On descendait vers la plage pour aller se baigner.
– C'est une bonne idée, mais ce n'est pas le bon chemin. Vous allez donc gentiment retourner vers l'escalier et prendre le che-

min tout à fait à gauche. Mais surtout pas celui du milieu, vous m'entendez ! Celui-là, jamais !
– Pourquoi pas ? demanda Peter. Qu'est-ce qu'il a de spécial ?
Le visage de l'homme s'assombrit et sa voix devint menaçante :
– C'est le chemin des falaises, mon garçon ! Il est très dangereux. Tu ne voudrais quand même pas qu'il vous arrive un accident, à toi et à tes petites amies, n'est-ce pas ? Voilà pourquoi ! Et maintenant, déguerpissez !
Jenny tira doucement Peter par la manche de son tee-shirt. Sa première impression ne l'avait pas trompée : cet homme ne voyait pas leur arrivée d'un bon œil.
Mais pourquoi ?

– Quel type désagréable ! pesta Miranda lorsqu'ils la rejoignirent un peu plus loin dans le bois. Je n'aime pas qu'on me fasse peur !
– Arrête de rouspéter !
Peter la prit par une main, Jenny par l'autre et ensemble, ils coururent vers l'escalier, puis dévalèrent le chemin de gauche entre les dunes jusqu'à la plage.
– Et je vous parie tout ce que vous voulez que c'est un contrebandier ! continua Miranda dès qu'elle eut retrouvé son souffle.
– Ça va de soi, se moqua Jenny, et il est de mèche avec M. Allenbury.

– Exactement ! On les a bien vus se parler sur la pelouse. Je suis sûre que la cabane leur sert de repaire. C'est là qu'ils stockent leurs marchandises.

Peter la poussa vigoureusement et Miranda s'étala dans le sable qui était blanc, fin et incroyablement doux.

– Tais-toi un peu et regarde ! Tu ne vois pas comme c'est beau, ici ?

Et Miranda admira. Leur plage était une petite crique en demi-lune, entourée de part et d'autre de grandes falaises déchiquetées. La mer était calme et, dans une dentelle d'écume, des vaguelettes s'évanouissaient contre les rochers.

Jenny observait les falaises.

– Il doit y avoir plein de grottes.

– Oh oui, j'ai lu qu'il y en avait tout le long de cette côte. C'est pourquoi il y a toujours eu des contrebandiers par ici. Comme le type de tout à l'heure. Je me demande de quel genre de trafic il s'occupe.

– De trafic d'or, lâcha Peter en faisant un clin d'œil à Jenny. Il n'y a pas mieux.

Le regard perdu, Miranda hocha la tête.

– Oui, ça doit être ça. Il cherche les trésors des bateaux qui se sont échoués sur les falaises. Avec ses complices, il vient ici la nuit. Ils prennent une petite barque qui les emmène au large. Puis ils plongent, un couteau entre les dents, à la recherche des épaves. Et ils remontent avec des caisses pleines de pièces d'or, avec des gobelets en argent et des coffrets remplis de bijoux. Mais qu'est-ce qu'ils en font après ?

– La suite de notre feuilleton nous le dira, rigola Jenny.

– Tout le monde à l'eau ! cria Peter. Et n'oubliez pas que c'est à Lucy qu'on a promis de rapporter un trésor !

3

L'ORAGE

Miranda prit un petit pain encore tout chaud et le beurra avec plaisir.
– C'est vrai qu'il y avait des contrebandiers par ici, autrefois, Mme Trelawny ?
– Et comment ! confirma la gouvernante. Des contrebandiers et des naufrageurs. Si le sujet vous intéresse, vous n'avez qu'à regarder dans la bibliothèque. Vous y trouverez des livres qui en parlent.
Après leur baignade, les trois amis étaient réunis dans la cuisine de Pierres grises. Assis autour de la grande table en bois, ils dégustaient les petits pains odorants que Mme Trelawny, pensant qu'ils seraient certainement trop fatigués pour attendre le dîner, leur avait préparés.
– Des naufrageurs ? demanda Peter.

– Oui, dit Mme Trelawny en lui tendant le pot de lait pour son thé. C'étaient des gens qui attiraient les bateaux sur les rochers. Ensuite, ils les pillaient.

Jenny la regarda, l'air étonné.

– Vous voulez dire qu'ils faisaient exprès de les faire échouer ?

– Mais oui ! Et ils étaient nombreux. Il y en avait sur toute la côte de Cornouailles.

– Et en plus, dit Lucy, il y avait les lutins, n'est-ce pas, madame Trelawny ?

– Exact. Ce ne sont pas les histoires de lutins qui manquent.

– Ce n'est pas pareil ! objecta Miranda. Les naufrageurs et les contrebandiers, eux, ont vraiment existé.

Mme Trelawny pencha la tête et fixa Miranda avec des yeux de chouette.

– Parce que tu crois peut-être que les lutins n'existent pas ?

Jenny observa la gouvernante. Ou bien elle ne voulait pas priver Lucy de sa croyance aux lutins ou bien elle avait des idées pour le moins étranges.

– Je parie qu'il y a toujours des contrebandiers par ici, lança Miranda.

La théière à la main, Mme Trelawny se figea.

– Je ne saurais pas dire s'il y en a, murmura-t-elle, mais je ne dirais pas non plus qu'il n'y en a pas.

Miranda jeta un regard complice à Jenny.

– On a rencontré un homme un peu bizarre, dit Peter.

D'un coup sec, Mme Trelawny posa la théière sur le buffet.

– Il était comment ?

– Pas très grand mais costaud, cheveux clairs…

– Et mal peignés ! Je vois, grommela la gouvernante. C'est Jordan. Évitez-le ! Ce n'est pas quelqu'un de fréquentable.

– En tout cas, dit Peter, il n'a pas l'air très aimable.

– C'est de la mauvaise graine, voilà ce que c'est. Je me demande quelle idée a eue M. Allenbury d'engager cet homme.

Mme Trelawny s'affaira avec ses casseroles.

– De l'engager comme quoi ?

– Comme jardinier, mais il est aussi doué pour le jardinage qu'une taupe pour le saut à la perche.

La vieille horloge de la cuisine sonna huit coups. Puzzle sauta par terre et la gouvernante se tourna vers Lucy :

– Allez, ma chérie ! C'est l'heure d'aller te coucher !

– Encore cinq minutes ! implora la petite fille, on est si bien tous ensemble !

Jenny bâilla.

– Tu vois, mon ange, sourit Mme Trelawny, en prenant Lucy par la main, même les grands sont fatigués. C'est l'air marin qui fait ça.

Lucy envoya un baiser à ses nouveaux amis

et suivit Mme Trelawny. Puzzle les attendait déjà au pied de l'escalier. Jenny s'étira.
– Dis donc, Peter, tu crois que ton père nous en voudrait si on allait se coucher sans lui dire bonne nuit ?
– Ah non, je ne crois pas. Ça fait trois heures qu'il discute avec M. Allenbury. Ils en ont probablement pour toute la soirée. Hé Miranda ! Où vas-tu ?
Miranda s'était levée et traversait le grand hall d'entrée.
– Me chercher un livre dans la bibliothèque.
– Attends ! Je viens avec toi ! Je voudrais voir s'il y a des livres sur les oiseaux marins.
– Allez, salut ! dit Jenny. Moi, j'ai de quoi lire. Je monte me coucher.

Miranda poussa la lourde porte de la bibliothèque. C'était une pièce imposante, agrémentée par des fauteuils confortables et quelques petites tables basses. Les murs étaient recouverts de livres, rangés sur des étagères en bois sombre et luisant.
– Tu as vu tous ces livres ! s'exclama Peter, époustouflé. Il doit y en avoir des milliers !
Non loin du mur du fond, tapissé de livres comme les autres, se dressait un énorme bureau en chêne devant lequel se trouvait une chaise pivotante en cuir. En la voyant, Miranda s'y précipita.
– J'adore ces chaises ! s'écria-t-elle.
– Doucement ! cria Peter en la voyant tour-

ner de plus en plus vite. Tu veux qu'on se fasse enguirlander par Mme Trelawny ?
Miranda s'arrêta net, face aux étagères du fond. Elle poussa un cri, sauta de la chaise, contourna le bureau, retira un gros livre de la bibliothèque et le brandit sous les yeux de Peter.
– *Les Meilleures Histoires des naufrageurs de Cornouailles* ! Exactement ce que je cherchais !
– Attends ! Je crois que je vais trouver le livre qu'il me faut, moi aussi.
Peter longea les étagères en marmonnant, puis avança la main et sortit un grand livre bleu. Sur la couverture, un goéland déployait ses ailes.
– Et voilà ! Finalement, c'est facile, tous les livres sont classés. Tu veux que je t'explique ?
– Demain, dit Miranda en l'entraînant avec elle et en refermant la porte de la bibliothèque derrière eux.
Sur le palier du premier étage, elle souhaita bonne nuit à Peter et rejoignit Jenny dans leur chambre ; celle-ci dormait déjà, son livre à la main. Miranda le posa sur sa table de nuit. *Le Secret du cochon en porcelaine,* lut-elle. Ça ne valait certainement pas les histoires des pilleurs d'épaves dans lesquelles elle avait hâte de se plonger. Elle enfila son pyjama, se glissa dans son lit et ouvrit le livre. Tout était calme dans la maison. À la lumière de sa lampe de chevet, les pages

défilaient, les aventures dramatiques s'enchaînaient, et Miranda frissonnait à la vue des gravures qui montraient des bateaux en détresse, des marins désespérés se jetant à la mer et les sinistres silhouettes des naufrageurs les guettant du haut des falaises. Arrivée en bas de la page 74, elle referma le livre et éteignit. Elle ne serait pas à court d'aventures pour le reste de son séjour, il lui restait encore des centaines de pages à lire. Dehors, le vent semblait se lever. Bercée par le bruissement des feuilles des grands arbres de Pierres grises, Miranda s'endormit.

Jenny se réveilla. Il faisait complètement noir dans la chambre. Les épais rideaux ne laissaient pas passer la moindre lueur. Elle entendait le souffle régulier de Miranda. Dehors, le vent sifflait dans les arbres. Pendant quelques instants, elle resta immobile, les yeux grands ouverts, puis elle regarda le cadran fluorescent de sa montre-bracelet : deux heures cinq. Qu'est-ce qui l'avait réveillée ? Un bruit ! Et tout à coup, elle se souvint. Elle avait entendu aboyer. Quoi de plus normal, se dit-elle en refermant les yeux, c'était Puzzle.

À peine s'était-elle rendormie qu'un bruit fracassant fit vibrer les vitres.

Jenny se redressa. De l'autre lit lui parvint une voix ensommeillée :

– Qu'est-ce qui se passe ?

À tâtons, Jenny se dirigea vers la fenêtre et tira les rideaux. De grosses gouttes de pluie éclatèrent contre les vitres. La lumière blanche d'un éclair illumina le ciel, suivie d'un coup de tonnerre assourdissant.

Miranda la rejoignit à la fenêtre. L'orage était à son comble. Le vent hurlait, la pluie crépitait, et on n'y voyait goutte.

– C'est une nuit rêvée pour des naufrageurs, chuchota Miranda tout excitée. Tu les vois ? Ils descendent vers la plage en luttant contre la tempête. Arrivés en bas, ils allument des flambeaux que les bateaux prennent pour des phares. Et ils les attirent directement sur les rochers. La proue se fend, les marins crient au secours, puis une énorme vague les engloutit. Sur la falaise, les naufrageurs assistent à ce spectacle sinistre, en attendant le petit jour pour piller l'épave.

Elle gloussa.

– J'ai trouvé un livre super dans la bibliothèque, et en plus, ce sont des histoires vraies.

Jenny referma les rideaux et se recoucha.

– Je me demande pourquoi Puzzle a aboyé tout à l'heure. C'est ça qui m'a réveillée.

– Il doit avoir peur de l'orage, le pauvre. Ou alors, il a vu un fantôme. Je suis sûre qu'il y a des fantômes dans cette maison. Oui, des fantômes de naufrageurs et de contrebandiers qui errent dans les couloirs les nuits de tempête.

– Chut ! dit Jenny.

– Ou dans les passages secrets. Ils en parlent dans le livre. Il paraît qu'il y en avait sous certaines maisons, et comme ça, les contrebandiers pouvaient… Mais tu m'écoutes ?

– Je me demande si je n'ai pas entendu encore autre chose, murmura Jenny. Juste avant que Puzzle n'aboie.

Miranda poussa un grand soupir et s'enfonça sous sa couverture.

– Encore à chercher la petite bête ! À trois heures du matin ! Tu sais que tu peux être fatigante ?

– Je suis sûre qu'il y avait autre chose.

– Les petits lutins de Mme Trelawny peut-être. Allez, bonne nuit ! Moi, je dors.

Jenny s'entêta à réfléchir, dans le noir. Miranda avait raison. Beaucoup de chiens avaient peur de l'orage, alors pourquoi pas Puzzle ? Mais s'il avait aboyé pour une autre raison ? Pour en avoir le cœur net, elle se glissa hors de son lit et s'avança vers la porte de la chambre. Elle l'ouvrit avec précaution. Tout était sombre et silencieux. Sans un bruit, elle se dirigea vers la rampe de l'escalier. À la lumière d'un éclair, elle vit que la porte de la bibliothèque était grande ouverte. Le vent secouait les arbres devant la maison. Jenny crut entendre un grincement lointain. Était-ce une branche malmenée par la tempête et prête à se rompre ? Ou était-ce quelque chose qui avait bougé dans la maison ? Dans la bibliothèque ? Son cœur se mit à battre plus fort. Elle regretta de ne pas avoir pris sa lampe de poche. Arrivée au pied de l'escalier, elle évita de traverser la grande entrée, mais longea les murs jusqu'à la bibliothèque. Un autre éclair lui permit de voir que personne ne s'y trouvait. Le vent hurlait dans la cheminée et Jenny frissonna. Elle appuya sur l'interrupteur. Rien ! La tempête avait dû couper le courant. Blottie dans l'encoignure de la porte, Jenny tenta de réfléchir. Dehors, le vent s'était calmé, le tonnerre grondait désormais au loin et la pluie ruisselait doucement le long des vitres. Tout était redevenu paisible. Et pourtant ! Jenny ne put s'empêcher de croire que quelque chose d'étrange venait de se passer au cœur de cette nuit d'orage. Quelque chose qu'elle se sentait incapable de définir. Elle tressaillit. Était-ce son cœur qui battait si fort ou des pas qui s'approchaient ? Elle jeta un regard vers la porte d'entrée et se figea, prise d'effroi. Une grande silhouette noire s'y dressait. Un fantôme !

L'instant d'après, elle se mit à rire en silence. Prendre un vieux portemanteau pour un revenant, ce n'était pourtant pas son genre. Elle se promit de ne pas s'en vanter devant Peter et Miranda. Deux minutes plus tard, elle avait retrouvé la chaleur de son lit. Miranda dormait profondément, et Jenny ne fut pas longue à l'imiter.

4

LE MYSTÈRE DE LA BANANE

Le lendemain matin, M. Hamilton attendait les trois amis à la table du petit déjeuner que Mme Trelawny avait dressée dans la salle à manger de Pierres grises. De grandes baies vitrées donnaient sur le jardin, les falaises et la mer. L'herbe luisait encore d'humidité, mais le ciel était d'un bleu parfait.

– Asseyez-vous, les enfants ! J'espère que vous avez bien dormi malgré la tempête.

– Quelle tempête ? demanda Peter.

M. Hamilton sourit.

– Toi, quand tu dors, on pourrait voler les draps de ton lit que tu ne t'en apercevrais même pas.

Peter rougit, et Jenny préféra changer de sujet de conversation.

– Il n'y avait plus de lumière au rez-de-chaussée, la nuit dernière. C'est la tempête qui a provoqué une panne d'électricité ?

Mme Trelawny entra avec un plat d'œufs brouillés.

– Oui, dit-elle, des pannes de ce genre, on en a à chaque grande tempête. Mais rassure-toi, c'est déjà réparé.

M. Hamilton se tourna vers Jenny.

– Pourquoi est-ce que tu es descendue en pleine nuit ?

– Elle avait cru entendre un bruit suspect, répondit Miranda en garnissant sa saucisse grillée d'une bonne couche de ketchup.

M. Hamilton parut amusé.

– À moins de dormir d'un sommeil de plomb, il était difficile de ne rien entendre la nuit dernière.

Jenny leva les yeux.

– Vous êtes allé dans la bibliothèque hier soir ?

M. Hamilton eut l'air surpris.

– Non. En voilà une drôle de question ! Nous sommes retournés dans le bureau de M. Allenbury après le dîner. Nous avons encore travaillé une heure ou deux, puis nous sommes montés nous coucher.

Mme Trelawny versa du chocolat fumant dans la tasse de Jenny.

– Tu n'as pas l'air dans ton assiette, ma petite. Qu'est-ce donc qui te turlupine ?

Jenny secoua la tête. Elle se sentait bête. À force d'écouter Miranda parler de fantômes et de naufrageurs, elle s'était laissé embrouiller l'esprit.

– Rien, dit-elle. Tout va bien, je vous assure.

Son regard croisa celui de Peter. Il ne la croyait pas. C'était évident.

– Madame Trelawny, fit Miranda de sa voix de jeune fille sage et prête à s'instruire, est-ce que vous savez s'il existe des passages secrets à Pierres grises ? Je veux dire qu'avec toutes ces activités de contrebande qu'il y avait par ici autrefois, ça se pourrait bien, non ?

Les mains sur les hanches, la gouvernante se planta devant Miranda.

– Non mais, regarde-moi ! s'offusqua-t-elle. Tu me vois surveiller des passages secrets et des portes dérobées en plus de tout le travail que j'ai à faire dans cette maison ?

Elle éclata de rire.

– Ah, ces jeunes, s'exclama-t-elle en se tournant vers M. Hamilton, qu'est-ce qu'ils ne vont pas chercher ! Remarquez, je suis bien contente que vous les ayez amenés avec vous. Je les trouve bien sympathiques, et Lucy est ravie. Je me demande bien pourquoi elle ne s'est pas encore levée.

– C'est vrai, sourit M. Hamilton, ils sont plutôt gentils, ces trois-là. Mais si je peux vous donner un bon conseil : ne vous laissez pas entraîner dans leurs histoires ! Ils sont toujours à la recherche d'un mystère.

– Et on finit toujours par en trouver un, renchérit Peter, à moins qu'on ne tombe dessus par hasard.
– Parfois, on s'en passerait volontiers, murmura son père.
Mme Trelawny eut soudain l'air pensif.
– Maintenant que tu m'en parles, dit-elle en s'adressant à Miranda, ça me rappelle quelque chose. Quand ma mère était jeune, bien avant de se marier, elle travaillait ici à Pierres grises comme femme de chambre. Chez le capitaine Mortimer. Ah, quel homme, celui-là ! Il paraît qu'il avait fait le tour du monde je ne sais combien de fois, bref, c'était un des hommes les plus célèbres de la région. Et quand j'étais gamine, ma mère me racontait que dans le temps, elle avait entendu parler d'un passage secret qui se trouverait quelque part dans la maison.
– Vous voyez ? s'écria Miranda.
– Où exactement ? demanda Peter.
Mme Trelawny haussa les épaules.
– Je n'en ai pas la moindre idée, et je ne pense pas que ma mère l'ait jamais su. Ce n'était probablement qu'une de ces histoires que les gens se racontaient au coin du feu. Vous savez, à l'époque, ils n'avaient ni cinéma ni télé. Alors, ils se fabriquaient leurs films d'aventures eux-mêmes, avec beaucoup d'imagination. Un vieux domaine comme Pierres grises avec ses falaises battues par le vent, c'était un cadre idéal.

– J'aurais bien voulu qu'on me réveille la nuit dernière, bougonna Peter. J'adore la tempête.
– Si c'est comme ça, dit Mme Trelawny en souriant, viens t'installer en Cornouailles. Les tempêtes, ce n'est pas ce qui manque chez nous.
– Ni les naufrages, murmura Miranda entre les dents.
La porte de la salle à manger s'ouvrit brusquement et M. Allenbury entra. Il paraissait préoccupé. Saluant brièvement ses invités, il refusa le petit déjeuner que la gouvernante lui avait préparé.
– Désolé, Mme Trelawny, mais je n'ai pas le temps. Je dois me rendre à Exeter ce matin. C'est urgent !
Mme Trelawny fronça les sourcils.
– À Exeter ? murmura-t-elle. Mais buvez au moins votre café !
Il l'arrêta d'un geste vif.
– De grâce, Mme Trelawny ! dit-il sèchement. Je vous ai déjà dit que j'étais pressé !
Miranda lança un regard lourd à Jenny.
– Si vous êtes d'accord, M. Allenbury, dit Peter en espérant détendre l'atmosphère, nous trois, on s'occupera de Lucy. Est-ce qu'elle peut venir à la plage avec nous ? On vous promet de ne pas la laisser aller dans l'eau.
– C'est très gentil de votre part, mais ce n'est pas la peine. Lucy est partie.

– Comment ? s'exclama Mme Trelawny. Mais où est-elle partie ?

M. Allenbury se détourna.

– Je l'ai emmenée chez ma sœur à Polperro, très tôt ce matin. Elle y restera quelques jours. Jane m'a téléphoné. Elle tenait beaucoup à voir sa nièce.

– Votre sœur aurait bien pu la prendre à un autre moment ! grommela Mme Trelawny. La petite se faisait une joie de passer une semaine avec ses trois copains. Sa tante, elle peut la voir toute l'année. D'ailleurs, il faut que je l'appelle. Elle ne sait certainement pas que Lucy a un rendez-vous chez le dentiste vendredi.

M. Allenbury lâcha la poignée de la porte et se retourna vivement.

– Je vous interdis d'appeler ma sœur ! dit-il. Absolument !

– Mais... Je ne comprends pas ! protesta Mme Trelawny. Vous qui êtes toujours si soucieux de la santé de votre fille.

M. Allenbury se passa la main dans les cheveux.

– Écoutez, dit-il, agacé, ma sœur a décidé d'emmener Lucy en voyage pendant quelques jours. Mais elle la ramènera à temps pour son rendez-vous chez le dentiste. Je... je lui en ai parlé.

– Et pourquoi est-ce qu'il a fallu l'emmener si tôt le matin ? continua Mme Trelawny. Pauvre petite ! Elle n'a même pas pris son petit déjeuner !

– Bien sûr que si ! s'écria M. Allenbury. C'est moi qui m'en suis chargé. Je lui ai donné des céréales. Et maintenant, je m'en vais. Il faut juste que je dise un mot à Jordan avant de partir.

Sur le pas de la porte, il se tourna vers M. Hamilton.

– Quant aux documents dont je vous ai parlé, vous les trouverez dans la bibliothèque. Je suis désolé de ne pas pouvoir les regarder avec vous ! Je vous verrai ce soir.

Il traversa le hall d'entrée et sortit sur le perron.

– Jordan ! cria-t-il. Jordan ! Où êtes-vous ?

Mme Trelawny referma la porte de la salle à manger. Elle avait l'air bouleversé. De son tablier impeccable, elle sortit un mouchoir en dentelle et s'essuya discrètement les yeux.

– Excusez-moi ! Je ne sais pas quoi dire, mais jamais M. Allenbury ne m'a encore parlé sur ce ton. C'est un homme si aimable et si bien élevé. Je voudrais bien savoir ce qui a pu le mettre dans cet état.

– Allez, chère madame Trelawny ! Remettez-vous, dit M. Hamilton. Tout cela n'est pas bien grave.

– Si, parce que je me demande comment il a fait ce matin pour partir avec la petite sans que je l'entende. J'étais pourtant levée de bonne heure ! Et voilà qu'il repart pour Exeter ! Je n'y comprends rien.

M. Hamilton se leva.

– Moi aussi, je regrette que M. Allenbury ait dû s'absenter ce matin. On devait travailler ensemble. Il tenait beaucoup à me montrer quelques livres qu'il a trouvés dans la bibliothèque.
– Quel genre de livres ? demanda Peter en faisant discrètement signe à Miranda de se tenir tranquille.
– Des livres anciens avec des gravures et des plans de la maison et de la serre. Cela peut m'aider pour la restauration.
Il se tourna vers Mme Trelawny.
– Permettez-moi de vous donner un petit coup de main pour débarrasser la table. Ce petit déjeuner fut un vrai régal.
– Merci, M. Hamilton. C'est très gentil. Voyez, c'est toujours comme ça que M. Allenbury me parle habituellement. Alors vous comprenez pourquoi je m'inquiète ?

À peine avaient-ils disparu dans la cuisine que Miranda éclata.
– Je vous avais dit qu'il se passait de drôles de choses dans cette maison ! Ça se sentait !
– Ah bon, dit Peter. Explique !
Miranda se pencha sur la table.
– Jenny a entendu des bruits la nuit dernière.
– Je sais. C'était la tempête.
– Et ce matin, Lucy a disparu !
– Pas si vite ! l'arrêta Jenny. Son père a dit

qu'il l'a emmenée chez sa sœur à Polperro.
– Peut-être bien, mais l'important, c'est qu'elle n'est plus là et qu'elle ne peut pas le déranger.
– Attends ! fit Peter. Qu'est-ce que tu essaies de dire par là ?
– Que M. Allenbury fait de la contrebande, voilà ! Et les bruits que Jenny a entendus la nuit dernière...
– Mais quels bruits ? s'impatienta Peter. Soyez plus claires !
– J'ai entendu aboyer Puzzle, mais avant...
– Et voilà qui est très bizarre aussi ! coupa Miranda. On n'a pas vu Puzzle ce matin.
– Il a dû partir avec Lucy, dit Peter. Tu as bien vu qu'il la suivait partout.
Miranda ne s'avouait pas battue pour autant et s'accrochait à son idée.
– Possible. Mais n'empêche que M. Allenbury est en train de mijoter quelque chose. Vous avez vu comme il était nerveux, tout à l'heure.
– C'est vrai, admit Peter. Il était méconnaissable.
– Pourquoi était-il si pressé d'aller à Exeter ? demanda Jenny.
– Voilà enfin une bonne question ! s'exclama Miranda. Et vous savez pourquoi il voulait absolument parler à Jordan avant de partir ?
– Non, dit Peter, mais tu vas nous le dire.
Miranda plissa les yeux et essaya de baisser la voix.

– Parce qu'ils sont complices. M. Allenbury est le chef des contrebandiers, et Jordan est son bras droit. Ils sont tous les deux dans le coup. C'est clair !

– Mais quel coup ?

– Un coup qu'ils ont préparé depuis longtemps et qu'ils vont réaliser bientôt. Peut-être même la nuit prochaine.

Jenny commençait à trouver que Miranda se laissait vite embarquer par son imagination. Elle allait lui en faire la remarque lorsque Mme Trelawny réapparut, un plateau à la main et l'air désemparé.

– Il y a quelque chose qui ne tourne pas rond ici, murmura-t-elle en empilant les assiettes. Je veux bien croquer tout mon plumeau si quelqu'un me prouve que Lucy a mangé des céréales ce matin !

– Qu'est-ce que vous dites ? chuchota Jenny.

Mme Trelawny se tourna vers elle, les yeux embués de larmes.

– La petite ne mange ses céréales que si on les mélange avec une banane écrasée, expliqua-t-elle.

– Et alors ?

– Et alors, il ne restait plus qu'une seule banane dans le compotier hier soir.

– Eh bien ?

– Eh bien, dit Mme Trelawny, elle y est toujours.

Elle souleva le lourd plateau d'un geste si brusque que les assiettes s'entrechoquèrent, elle envoya d'un coup de pied la porte cogner contre le mur et s'en fut dans la cuisine en sanglotant.

Peter, Jenny et Miranda se regardèrent, interloqués.

Pour un mystère, c'en était un !

5

MAIS OÙ EST PASSÉ JORDAN ?

– Pourquoi est-ce qu'il a menti à propos des céréales ? demanda Miranda.
Les trois amis étaient remontés dans la chambre des filles. Assis sur le rebord de la grande fenêtre, mais cachés des regards par les rideaux entrouverts, ils pouvaient librement observer le jardin. À l'autre bout de la pelouse, près de l'escalier qui menait à la plage, M. Allenbury et Jordan, le jardinier, discutaient à grand renfort de gestes.
– Bonne question, dit Peter. S'il s'est senti obligé d'inventer cette histoire, c'est qu'il a forcément quelque chose à cacher.
– Et Lucy ? demanda Jenny. Vous ne croyez donc pas qu'il l'a déposée chez sa tante ?
– Va savoir, dit Miranda. Toujours est-il qu'il l'a emmenée quelque part.

– Miranda a raison, dit Peter. M. Allenbury n'a pas voulu que Lucy reste ici. Mais c'est son papa, et il l'aime beaucoup, on en a eu la preuve, hier. Alors, où qu'elle soit, elle est en sécurité.

– Et si M. Allenbury n'était pas son vrai père ? lança Miranda.

– Arrête, Miranda, tu dérailles, dit Peter.

– Non mais attends ! insista-t-elle. Tu as dit que la mère de Lucy était morte dans un accident de voiture quand elle était tout bébé. Et si son vrai père était mort dans le même accident ? Et s'il avait eu un méchant frère jumeau qui se serait ensuite fait passer pour le père de Lucy parce qu'il voulait toucher l'héritage ?

Peter soupira.

– Tu ne trouves pas que ça fait un peu beaucoup ? D'abord, tu prétends que M. Allenbury est le roi des contrebandiers et maintenant il serait le méchant oncle qui voudrait priver sa nièce de son héritage.

– Il est peut-être les deux, persista Miranda.

Jenny et Peter échangèrent un regard entendu. Pas la peine de discuter avec Miranda, elle ne lâcherait pas prise. Autant changer de sujet.

Jenny désigna les deux hommes sur la pelouse.

– Dommage qu'ils soient si loin, dit-elle. Je voudrais voir leurs visages, et j'aimerais savoir ce qu'ils sont en train de se dire.

– Qu'à cela ne tienne ! sourit Peter. Attendez, vous allez voir !
Il sauta par terre et quitta la pièce en courant.
– La prochaine chose que je vais apprendre, dit Miranda, c'est à lire sur les lèvres. C'est indispensable quand on veut être un vrai détective.
– Tu parles ! répliqua Jenny. D'ici, on ne distingue même pas leurs visages et encore moins leurs lèvres.
– C'est ce qu'on va voir, jubila Peter qui revint en brandissant ses jumelles. Il se planta devant la fenêtre et les régla.
– Alors ? le pressa Miranda, qu'est-ce que tu vois ?
– C'est très intéressant.
– Et encore ? trépigna-t-elle.
– Je vois le visage de Jordan qui est rouge de colère et celui de M. Allenbury qui est blanc comme un linge.
– C'est que leur plan ne doit pas marcher comme ils le souhaitent, dit Jenny. Voilà pourquoi M. Allenbury doit aller à Exeter pour tout annuler. Et Jordan est furieux parce qu'il a travaillé pour rien.
Soudain, ils virent les deux hommes se séparer. M. Allenbury se dirigea vers la maison d'un pas vif.
– Cachez-vous derrière les rideaux ! cria Peter. Il ne faut surtout pas qu'ils nous voient !
– Oui, mais on ne pourra pas les voir non plus, ronchonna Miranda.

– Tant pis ! dit Jenny en l'écartant de la fenêtre. Ce n'est pas le moment de tout gâcher.
Ils entendirent un ronflement de moteur. Peter se releva.
– C'est la voiture de M. Allenbury qui s'en va à Exeter, dit-il. Lui, on ne pourra pas le suivre. Mais rien ne nous empêche de suivre Jordan. Venez !
– Tu es complètement fou ! protesta Jenny. Tu as vu comment il nous a traités hier ! Moi, ça m'a suffi.
– Mais qu'est-ce que tu veux qu'il nous fasse ? On va observer des oiseaux marins. Moi, je prends mes jumelles et vous l'appareil photo et un carnet de notes. Il n'y a rien de suspect dans tout cela.
– Génial ! dit Miranda. Et au lieu d'observer les mouettes, on espionne ce drôle d'oiseau de Jordan.
Jenny jeta un regard prudent par la fenêtre.
– Il y a juste un tout petit problème, murmura-t-elle.
– Quoi donc ?
– Jordan a disparu.
– Il est peut-être parti avec M. Allenbury, dit Miranda.
– Mais non, répliqua Peter. Je l'ai vu aller vers l'escalier. Dépêchez-vous ! Je sens qu'on ne va pas s'ennuyer.

– Baissez-vous ! chuchota Peter. Le voilà !
Les trois amis se dissimulèrent derrière l'un des grands arbres qui bordaient la clairière.

– Où ? demanda Miranda.
– Il vient de sortir de la petite maison. Mais qu'est-ce qu'il est encore allé y faire ? murmura Jenny. Qu'est-ce qui peut l'intéresser à ce point dans cette vieille baraque en planches ?
– C'est la cachette où ils ont prévu de stocker leur butin, chuchota Miranda. Je vous l'ai déjà dit.
– Quel butin ?
– Celui de leur contrebande ! Évidemment !
Prudemment, elle écarta une branche et la relâcha aussitôt.
– Attention ! Il vient par ici !
Sans un bruit, ils s'enfoncèrent un peu plus dans le sous-bois. À quelques mètres d'eux, Jordan remontait le chemin qui menait vers l'escalier en pierre.
– Venez ! On le suit ! dit Peter.
À bonne distance de Jordan, les trois amis se frayèrent un passage entre les arbres, en prenant soin d'éviter de marcher sur les branches mortes ou de trébucher sur les racines.
Arrivé au pied de l'escalier où aboutissaient les trois chemins, Jordan s'arrêta un bref instant, regarda autour de lui, puis s'engagea sur le chemin du milieu.
– Le chemin des falaises ! murmura Peter.
– Celui qu'il nous a interdit de prendre, ajouta Jenny.
– Je propose qu'on attende ici jusqu'à ce qu'on ne le voie plus et qu'on refasse un

tour à la petite maison, dit Miranda. En regardant mieux, on trouvera peut-être quelque chose d'intéressant. Les deux autres l'approuvèrent. À peine Jordan fut-il hors de leur vue qu'ils se mirent à courir tous les trois en direction de la cabane.

– Beurk ! fit Jenny en ouvrant la porte. Ce qu'il y a de sûr, c'est qu'il n'est pas revenu pour faire le ménage. Quelle poussière !
Avec Peter, elle déplaça les quelques meubles, retourna les coussins, fouilla les étagères, regarda dans les moindres coins et scruta le sol à la recherche d'une trappe pendant que Miranda faisait le guet sur le seuil de la porte, un mouchoir sur le nez et les yeux larmoyants.
– Rien ! dit Jenny. Absolument rien ! Aide-moi à remettre les affaires en place, Peter, et puis, partons d'ici. Si c'est l'endroit où ils ont l'habitude de stocker leur marchandise, ce sont de vrais professionnels. Ils ont tout vidé, sans laisser la moindre trace. Il faudra attendre leur prochain coup.
– Et avant tout, il faudrait surveiller Jordan. Allez, dépêchons, sinon il va encore nous échapper !
Après avoir quitté le bois, ils s'engagèrent résolument sur le chemin des falaises, malgré la mise en garde de Jordan. Le chemin courait d'abord tout droit pour soudain tourner brusquement et amorcer une descente abrupte.

Miranda, qui marchait en tête, ne s'y attendait pas du tout et dérapa sur le sol sablonneux en poussant un cri. Peter l'attrapa par les épaules et l'aida à se remettre debout.
– Attention, Jenny, ça glisse ! prévint-il.
À son tour, Jenny s'arrêta net.
– Ne bougez pas ! s'écria-t-elle. Vous avez vu ?
À leur gauche s'ouvrait un précipice qui était bordé, sur l'autre versant, de hautes falaises blanches.
– Ah non ! murmura Peter, en tenant Miranda fermement.
– Quoi ? demanda Jenny, inquiète.
Il ne répondit pas. Ce n'était pas la peine. La réponse vint d'un peu plus bas sur le chemin où se tenait Jordan, les traits tordus par la colère.
– Voulez-vous me ficher le camp, marmots de malheur ! hurla-t-il. Je vous avais interdit de mettre les pieds ici. Vous ne voyez donc pas que c'est dangereux ?
Sans plus attendre, les trois amis commencèrent à rebrousser chemin.
– Vous parlez d'une poursuite ! fulmina Miranda. Il nous a cueillis comme des prunes. C'est encore un coup pour rien !
– Chut ! fit Jenny. Regardez !
Elle désigna le flanc de la falaise qui délimitait l'autre côté du chemin. C'était une falaise qui dominait toutes les autres et formait un arrondi autour de la baie. De là où ils se trouvaient, le sommet n'était qu'à une

dizaine de mètres, et la pente, assez douce, ne semblait guère poser de problème pour les bons grimpeurs qu'ils étaient. En haut poussaient des touffes d'herbes sauvages. Une excellente couverture pour des observateurs discrets.

– Je parie que de là-haut, on peut voir jusqu'au fond de la baie, dit Jenny.

– Et c'est certainement dans la baie que Jordan veut aller, ajouta Peter.

– Alors, on n'a plus qu'à grimper, conclut Miranda.

– Ouf ! souffla Jenny en se laissant tomber derrière une touffe d'herbes. C'était quand même assez raide.

– Mais alors, quelle vue ! s'extasia Peter. Regardez ! On voit même où débouche le chemin dans la baie.

Miranda abrita ses yeux du soleil et se mit à surveiller la baie à travers les herbes.

– Elle est toute petite, dit-elle, mais je ne vois pas Jordan. Ni dans la baie, ni sur le chemin.

Jenny s'appuya sur ses coudes.

– Je ne comprends pas. Il ne peut pas avoir disparu comme ça. Et il n'est certainement pas remonté. On l'aurait vu passer d'ici.

– Hé, Peter ! s'écria Miranda. Regarde avec tes jumelles ! J'ai l'impression qu'il y a quelque chose au bout de la baie. Quelque chose qui bouge.

Peter ajusta ses jumelles.

– Oui. C'est blanc, et il y a du métal, et ça bouge, effectivement. C'est tout ce que j'arrive à voir. Tiens ! Voilà Jordan ! Vous le voyez ?

Les deux filles se redressèrent. Ils virent une silhouette sombre qui se détachait contre l'une des parois rocheuses qui entouraient la baie.

– Mais d'où sort-il ? s'étonna Miranda.

Peter abaissa les jumelles et se tourna vers les deux filles.

– Vous n'allez pas me croire, mais je vous assure que j'ai eu l'impression qu'il sortait tout droit de la falaise.

Les yeux écarquillés, Miranda pointa vers la baie.

– Il n'est pas seul ! Un autre homme l'accompagne, et il nous a vus. Vite, Peter ! Passe-moi les jumelles !

Elle les lui arracha des mains et se mit à regarder vers le ciel en feignant de s'intéresser à un vol de mouettes.

– Jenny, donne-lui l'appareil photo pour qu'il fasse une photo de nous deux !

Peter fit semblant de prendre Jenny et Miranda en photo.

– Poussez-vous un tout petit peu sur la gauche. J'essaie d'avoir les deux hommes. Sans téléobjectif, ça ne donnera pas grand-chose, mais on ne sait jamais.

Les deux filles s'assirent le dos à la baie.

– Qu'est-ce qu'ils font ? demanda Miranda.

– Ils remontent le chemin.

– Tu crois qu'ils vont venir nous chercher ici ?

Peter s'esclaffa.

– Pour nous pousser du haut de la falaise et nous jeter à la mer ?

– Arrête de dire des choses pareilles ! s'emporta Jenny qui se souvenait du visage grimaçant de Jordan.

– Alors, qu'est-ce qu'on fait ? s'impatienta Miranda.

Jenny respira fort.

– On reste ici jusqu'à ce qu'on soit sûrs qu'ils sont partis pour de bon et puis on descend dans la baie. En attendant, on fait semblant d'observer les oiseaux.

– Pas de problème ! dit Peter. J'adore ça et je vous apprendrai. Vous allez voir, ça vous plaira.

Jenny et Miranda échangèrent un regard sceptique. Observer des oiseaux, c'était encore une des passions de Peter qu'elles ne partageaient pas. Comme celle qu'il avait pour les numéros de voitures qu'il notait, classait, collectionnait et dont il aurait pu parler pendant des heures si les deux filles avaient manifesté le moindre intérêt pour ce sujet – ce qui n'avait jamais été le cas.

– En parlant d'oiseaux, gloussa Miranda, vous savez pourquoi le vilain petit canard est si triste ?

– Ah non, pitié ! s'écrièrent Peter et Jenny qui craignaient les blagues faciles de leur amie.

– C'est parce qu'en le voyant sortir de son œuf, la cane a ri jaune.

Contente d'elle, Miranda s'installa dans l'herbe et se mit à scruter le ciel et les falaises à travers les jumelles. Dès qu'elle voyait un oiseau qui ne ressemblait pas à une mouette, elle appelait Peter qui se faisait un plaisir de lui expliquer de quelle espèce il s'agissait. À sa propre surprise, elle constata qu'elle prenait goût au monde des oiseaux marins, si bien que Peter dut lui enlever gentiment les jumelles pour l'inciter à venir explorer la baie.

Jenny les avait précédés. Elle regardait autour d'elle. La petite baie au sable fin était bordée de falaises. Il n'y avait personne.

– Et le machin blanc que j'ai vu de là-haut ? fit Peter. Je ne le vois plus nulle part !

Miranda escaladait les éboulis de roche qui, partant de la falaise, s'enfonçaient ensuite sous l'eau.

– Venez vite ! cria-t-elle. J'ai trouvé quelque chose.

Jenny et Peter la rejoignirent. De l'autre côté des rochers qu'ils venaient d'escalader, ils aperçurent une sorte de canal naturel par lequel l'eau de mer pénétrait dans une grotte à l'intérieur de la falaise. Sur les bords de cet étroit canal, il y avait une bande de sable juste assez large pour marcher. Au fond de la grotte, un hors-bord blanc se balançait au bout de son ancre.

– Une grotte ! dit Peter. On ne la voit de nulle part. Voilà pourquoi j'avais l'impression que Jordan sortait directement de la falaise.

Il sauta par terre et commença à avancer vers l'intérieur de la grotte.

– Attendez-moi ici ! Je veux voir s'ils ont caché quelque chose dans le bateau.

– Des diamants ? suggéra Miranda, des émeraudes, des rubis, des lingots d'or ?

– Oui, bien sûr, se moqua-t-il. Et peut-être même des tenues de plongée.

– Fais attention à toi ! lui lança Jenny en le voyant s'éloigner.

Arrivé près du bateau, il sauta dedans. Le hors-bord se mit à danser sur l'eau, envoyant des petites vagues jusqu'à l'entrée de la grotte. Peter se mit à fouiller le bateau. Lorsqu'il se tourna enfin vers les deux filles, ses yeux brillaient.

– Je ne sais pas ce qu'ils projettent de faire, leur cria-t-il, mais ce qu'il y a de sûr, c'est que tout est prêt pour le départ.

– C'est-à-dire ?

– Il y a tout ce qu'il faut à bord. Des provisions, du carburant, des vêtements, tout.

– Tout pour s'enfuir ! lâcha Jenny.

– Avec leur butin de contrebande ! s'exclama Miranda. J'avais raison, non ?

Peter haussa les épaules.

– Ça m'en a tout l'air. Attendez ! Je vais voir si je ne trouve pas un plan de navigation ou des cartes marines, quelque chose qui nous mette sur la piste.

Et sa tête disparut dans la coque.

Jenny allait proposer à Miranda de rejoindre Peter lorsqu'elle crut entendre un bruit. Elle saisit le bras de Miranda, et toutes deux se figèrent. De nouveau, le bruit leur parvint. C'était comme un cri aigu et plaintif, impossible à localiser. Ils n'étaient pas seuls dans la baie !

6

UN APPEL DE DÉTRESSE

– Qui ça peut être à ton avis ? chuchota Miranda à l'oreille de Jenny.
Faute d'avoir une réponse à lui donner, Jenny lui fit signe de se taire. Elle réfléchit à toute vitesse. Au fond de la grotte, Peter était tout occupé à examiner le bateau. Il n'avait rien entendu.
Le prévenir était impossible, car le moindre appel risquait de trahir leur présence. Jordan et son complice seraient-ils revenus dans la baie par un autre chemin ? Jenny avala difficilement sa salive.
Encore ce cri déchirant !
– Non, ce n'est pas possible ! murmura Miranda en tremblant. Tu crois que c'est quelqu'un qui est tombé de la falaise ? Hé, Jenny, dis quelque chose !

– En tout cas, ça ne peut pas être Lucy ! C'est impossible ! Elle est… Elle est chez sa tante… à… Polperro.

Jenny sentait que sa voix ne lui obéissait plus.

Miranda prit sa main qui était glaciale.

– Viens, on va quand même aller voir !

Prudemment, elles sortirent de leur abri et passèrent la tête au-dessus de l'arête rocheuse. Le petit bout de plage qui s'offrait à leurs yeux était vide, comme le restant de la baie. Elles se hissèrent sur l'arrête et se laissèrent tomber dans le sable, de l'autre côté.

Un gémissement aigu les fit sursauter.

– Ça vient de là, dit Jenny en montrant un éboulement rocheux au fond de la baie.

Miranda hésita.

– Tu veux vraiment y aller ?

– Oui, répliqua Jenny fermement en l'entraînant avec elle, mais pas sans toi !

Elles s'approchèrent des blocs de roche empilés sur le sol. Ils étaient là depuis longtemps, car des algues les recouvraient d'un manteau glissant. Non sans mal, Jenny les escalada, en s'agrippant aux endroits qui n'étaient pas encore envahis par la végétation. Miranda la suivit à la trace.

Cette fois, le gémissement était tout proche. Jenny se mit debout et tendit la main à Miranda pour l'aider à se hisser jusqu'en haut. À deux mètres à peine, leur regard tomba sur une petite chose palpitante qui gisait, toute mouillée, au creux d'un rocher.

C'était Puzzle. En les apercevant, il essaya de se remettre sur ses pattes mais retomba en couinant.

– Mon pauvre Puzzle ! s'écria Miranda. Attends ! J'arrive !

Elle se laissa glisser sur les fesses jusqu'à lui.

– Fais attention ! dit Jenny. Il est peut-être blessé.

Elle regarda vers le sommet de la falaise. Non, Puzzle ne pouvait pas être tombé de là-haut. Il n'aurait pas survécu à une si grande chute. Mais alors, comment avait-il abouti là ?

– N'aie pas peur, Puzzle ! Je te tiens.

Miranda avait recueilli le petit chien dans ses bras. Il était mouillé et tremblait de froid. Quand elle essaya de le caresser, il grogna faiblement. Miranda regarda ses doigts, puis le ventre de Puzzle.

– Il saigne ! murmura-t-elle en rampant vers Jenny. Il faut qu'on remonte vite à la maison !

– Et tu sais d'où il est tombé ? demanda Jenny, tout excitée.

– Je m'en fiche pas mal. Il faut sauver ce chien.

– Mais regarde là-haut ! On dirait une grotte !

Et Jenny désigna une petite ouverture dans la falaise, à un mètre au-dessus de leurs têtes.

– Ras le bol des grottes et des falaises ! Aide-moi plutôt à descendre ! Tu ne vois pas qu'il souffre ?

Comme pour confirmer ce qu'elle disait, Puzzle se blottit contre Miranda et lui lécha la joue.

– Qu'est-ce qui se passe ? leur cria Peter en débouchant de sa grotte.

Quand il vit Puzzle dans les bras de Miranda, il blêmit.

– Et Lucy ? Vous n'avez pas trouvé Lucy ?

– Non, dit Jenny, le cœur serré.

– Mais qu'est-ce que vous attendez pour la chercher ! hurla Peter. Vous savez très bien que ces deux ne se quittent jamais ! Lucy ! Lucy ! Où es-tu ? Réponds-moi, s'il te plaît !

À son tour, il s'élança dans les rochers. Quelques minutes plus tard, il revint, abattu.

– Rien, dit-il. Il vaut mieux qu'on remonte à la maison. Je peux le porter ?

– Bien sûr, dit Miranda en déposant Puzzle dans ses bras.

Ils remontèrent le chemin de la falaise sans se parler, chacun cherchant à comprendre les événements étranges qu'ils venaient de vivre, mais aucun d'eux ne trouvait une explication satisfaisante. Au fur et à mesure qu'ils s'approchaient de Pierres grises, leur angoisse augmentait. Finalement, Jenny n'y tint plus. Elle s'arrêta et se tourna vers Peter.

– Et si on racontait tout à ton père ?

– Si on lui racontait quoi ? Qu'on imagine que M. Allenbury est le chef d'une bande de contrebandiers ? Laisse tomber ! Je vois déjà ce qu'il va nous répondre.
Jenny se mordit la lèvre. Peter avait raison. Ils n'avaient aucune preuve.

– Qu'est-ce que c'est ?
La voix sévère de Mme Trelawny les arrêta, le seuil de la maison à peine franchi. Son plumeau à la main, la cuisinière sortait de la bibliothèque. En les apercevant, son visage s'illumina et sa voix se radoucit.
– Ah, c'est vous, mes petits. Je ne vous attendais pas si tôt. Je pensais que ce maudit Jordan était de retour. Cet énergumène ne cesse de rôder par ici, et je n'aime pas ça du tout.
En prenant son courage à deux mains, Jenny demanda :
– Mais pourquoi, madame Trelawny ? Qu'est-ce qu'il vous a fait ?
– Lui ? Rien. Mais je ne peux pas le voir. C'est comme ça.
Puis elle aperçut Puzzle dans les bras de Peter.
– Pour l'amour du ciel ! gémit-elle, où avez-vous trouvé ce chien ? Je pensais qu'il était parti à Polperro, avec Lucy !
– Nous aussi, dit Jenny. Puzzle est blessé. Il faut le soigner.
– Emportez-le dans la cuisine et racontez-moi tout ! conseilla Mme Trelawny.

– Qu'est-ce que tu faisais là-bas tout seul sur la plage ? murmura Mme Trelawny en nettoyant la plaie de Puzzle. C'est à n'y rien comprendre. Là, là, j'ai fini, mon pauvre petit. Tenez-le ! Je vais lui chercher une couverture.

Elle l'enveloppa et lui apporta un peu de lait et des biscuits pour chiens. Puzzle les dévora. Puis, il secoua la couverture, sauta de la table et se mit à trottiner en reniflant partout.

– C'est ta petite Lucy que tu cherches, hein ? Elle n'est pas là, mon toutou, elle est chez sa tante, à Polperro.

Mme Trelawny se tourna vers les trois amis.

– Vous avez entendu comme il a aboyé en entendant le nom de la petite ? Vous allez voir, il va la chercher dans toute la maison.

Elle se leva et ouvrit la porte de la cuisine. Le petit terrier passa entre ses jambes et se précipita dans le hall d'entrée.

– Il n'a pas l'air de trop souffrir, remarqua Peter.

– Non, aucun souci à se faire, dit Mme Trelawny. C'est une blessure superficielle. Je m'y connais, on a toujours eu des chiens à la maison.

– Mais il va être triste de ne pas trouver Lucy, dit Miranda.

– Quand est-ce qu'elle revient ? demanda Jenny.

Mme Trelawny pinça ses lèvres.

– Là, vous m'en demandez trop. Posez la question à M. Allenbury quand il rentrera ce soir. Il saura mieux vous répondre que moi.

Décidément, Mme Trelawny en voulait toujours à M. Allenbury d'avoir emmené Lucy à Polperro sans l'en avertir.

– Si vous voulez m'aider à mettre le couvert pour le déjeuner, vous êtes les bienvenus, poursuivit la gouvernante. Mais avant, je vous conseillerais quand même de vous nettoyer un peu. Vous ressemblez à des pirates qui ont échoué sur une île déserte. Et moi, je ne veux pas de sable dans mon gigot.

Peter, Jenny et Miranda remontèrent vers leurs chambres.

– Elle croit vraiment que Lucy est chez sa tante à Polperro, chuchota Jenny.

– Et si elle avait raison ? répliqua Peter.

– En tout cas, elle cuisine très bien, coupa Miranda. Dépêchez-vous, j'ai faim !

7

CLIC !

– Cet après-midi, j'aurai besoin de votre aide, annonça M. Hamilton au déjeuner.

Les trois amis échangèrent un regard furtif et dénué d'enthousiasme. Ils avaient prévu de passer l'après-midi à la poursuite de Jordan et de son mystérieux compagnon.

– Pour faire quoi ? demanda Peter.

– M. Allenbury m'a laissé quelques boîtes remplies de vieilles photos.

Miranda dressa l'oreille.

– Des photos de la maison ?

– Oui, de tout le domaine de Pierres grises. Et je voudrais vous demander de les trier en mettant de côté toutes celles sur lesquelles on voit la serre. Cette serre a été construite par un architecte très célèbre. J'ai bien retrouvé quelques plans, mais des photos m'aideraient énormément à la restaurer aussi fidèlement que possible.

Les trois amis l'écoutèrent avec un intérêt certain.

– Je vous demande ce service, continua M. Hamilton, parce que j'ai rendez-vous ce soir avec le professeur Crawford. C'est le petit-fils de cet architecte, et il habite tout près d'ici. Nous allons dîner ensemble et parler des travaux de son grand-père. Et je serai d'autant plus à l'aise pour lui poser des questions sur la serre si auparavant j'ai pu examiner les photos. Voilà pourquoi je vous demande ce service.

Jenny consulta les deux autres du regard.

– C'est d'accord, dit-elle.

– Ce sera marrant de regarder de vieilles photos, renchérit Miranda.

– On ne sait jamais ce qu'on peut y trouver, conclut Peter.

M. Hamilton leur fit un clin d'œil.

– Je savais bien que je pouvais compter sur vous. Mais c'est à charge de revanche, bien entendu.

– En voilà encore une ! dit Miranda.

Ils avaient emporté les boîtes de photos dans la bibliothèque ; là, ils avaient rapproché quelques petites tables et trois fauteuils confortables pour créer une ambiance de travail agréable.

Miranda montra la photo de la serre aux deux autres.

– Vous ne trouvez pas qu'elle ressemble à une maison en sucre glace ? Ou à une de ces cages à oiseaux vieillottes ?

Peter éclata de rire.

– C'est vrai, mais ne dis pas ça à mon père, sinon tu auras droit à un cours d'architecture avec des tas de mots compliqués. Il adore expliquer, j'en sais quelque chose.

Miranda fit la moue.

– Et moi qui espérais tomber sur quelques photos de pirates ou de contrebandiers ! Sur ces photos, les gens ont tous l'air très respectable.

– Courage ! sourit Peter. Il nous reste encore toute une boîte.

– Et en même temps qu'on regarde les photos, on peut surveiller Jordan, dit Jenny. Finalement, tout s'arrange pour le mieux, non ?

Elle jeta un coup d'œil par la grande fenêtre de la bibliothèque qui donnait sur le jardin. Depuis le début de l'après-midi, Jordan taillait les ifs. De temps en temps, ils le voyaient se retourner vers la bibliothèque, la mine plus renfrognée que jamais. Visiblement, leur présence lui déplaisait.

– Vous croyez qu'il a quelque chose à voir avec ce qui est arrivé à Puzzle ? demanda Miranda.

– Ça ne m'étonnerait pas du tout, dit Jenny. Je ne sais pas pourquoi, mais il me fait peur.

Peter se redressa.

– Mais où est Puzzle ? Il y a longtemps qu'on ne l'a pas vu.

– Depuis qu'il est sorti de la cuisine. Mme Trelawny pense qu'il s'est réfugié dans la chambre de Lucy.

– Il me fait de la peine, dit Miranda. Et si on allait…

La porte de la bibliothèque s'ouvrit et M. Hamilton entra.

– On a presque fini, papa !

– Vous êtes formidables, les enfants ! Vraiment, j'apprécie ce que vous avez fait pour moi. Ça mérite une récompense.

Peter, Jenny et Miranda affichèrent un sourire modeste mais satisfait.

– Que diriez-vous de venir dîner avec le professeur Crawford et moi au restaurant ?

– Mais tu nous as vus, papa ? On ne peut quand même pas y aller en short et en tee-shirt ! On ne voudrait pas te faire honte, tu comprends ?

M. Hamilton sourit.

– J'ai compris. Alors, je vous emmènerai déjeuner demain dans un endroit de votre choix et dans la tenue qui vous plaira. Ça marche ?

– Ça marche.

– De toutes façons, dit Miranda pour ne pas froisser le père de Peter, on risquerait de vous gêner ce soir. Vous avez besoin de parler tranquillement avec ce monsieur de votre travail. Alors, nous…

– Alors, vous risqueriez de drôlement vous embêter. Je suis d'accord avec toi.
M. Hamilton prit la pile de photos qui montraient la serre.
– Je vais vite les regarder, dit-il depuis le seuil, et puis je me mets en route. Alors, bonne soirée, les enfants ! Et soyez bien sages !
– Mais oui, comme d'habitude ! sourit Miranda.
– C'est ce que je crains le plus, répliqua-t-il en refermant la porte.
Peter regarda sa montre.
– On a juste le temps d'aller nager un petit coup avant le dîner. Ça vous dit ?
– Et comment ! s'exclama Jenny. Mais après, on fait une réunion. Il faut absolument qu'on note tout ce qu'on a observé de bizarre jusqu'ici et qu'on essaie de trouver ce qui ne tourne pas rond dans cette maison.
– Après dîner, prévint Peter. Je réfléchis mieux quand j'ai mangé.
– Mais tu n'arrêtes pas de manger ! s'esclaffa Miranda.
– C'est pour ne pas arrêter de réfléchir, mon enfant, rigola Peter en faisant mine de vouloir la mordre.

– Qu'est-ce qu'il était bon, son gratin de poisson ! soupira Peter, pendant qu'ils remontaient vers leurs chambres. Et sa mousse au chocolat ! Divine ! Je ne comprends pas pourquoi Mme Trelawny ne s'est jamais mariée.

– Parce qu'elle n'a jamais rencontré quelqu'un d'aussi gourmand que toi, déclara Jenny.

– Non, dit Miranda, parce qu'elle a gavé ses douze fiancés l'un après l'autre jusqu'à ce qu'ils éclatent comme des ballons. Aucun n'a survécu à l'épreuve infligée par cette redoutable cuisinière. Alors, les autres jeunes hommes du pays ont préféré s'enfuir jusqu'au bout du monde pour échapper à ses petits plats mijotés. Depuis, elle guette toujours de nouvelles victimes. Et on dirait qu'elle vient d'en trouver une de tout premier choix.

Elle donna une petite tape sur le ventre de Peter.

– Il faudra qu'on te surveille, parce qu'on tient à toi.

Jenny suivait les deux autres. L'humeur enjouée de Miranda lui remontait le moral. Depuis que l'obscurité était retombée sur la maison, elle se sentait inquiète. Le souvenir de la nuit précédente la hantait.

– Je propose qu'on se réunisse chez moi, dit Peter, je ne vous ai pas encore fait voir ma chambre.

Ils entrèrent.

– Tu as de quoi écrire ? demanda Jenny.

– Oui, un carnet de notes tout neuf. Là-bas, sur ma table de... Ah non ! Vous avez vu ça ?

Il se précipita sur son appareil photo qui gisait par terre.

– Il a dû tomber de la table de nuit.

– Tu crois qu'il est cassé ?

– Je n'en sais rien, mais ce qu'il y a de sûr, c'est que toutes les photos que j'ai prises ce matin sont fichues.

– Comment ça ?

– Parce qu'il s'est ouvert en tombant, et la pellicule a été exposée à la lumière.

– Ce qui veut dire qu'on n'a aucune photo de Jordan et de son ami, constata Jenny.

– Ni du bateau, soupira Peter.

– Et s'il n'était pas tombé tout seul ? lâcha Miranda.

Jenny se tourna vers elle.

– Tu peux préciser ?

– Vous vous souvenez, ce matin, Mme Trelawny se plaignait de voir Jordan rôder sans arrêt autour de la maison.

– Tu crois qu'il est entré ici et qu'il a ouvert l'appareil ? demanda Peter.

– Oui, et ensuite il l'a posé par terre pour faire croire qu'il était tombé de la table de nuit.

– Passe-moi le carnet, Peter ! dit Jenny. On va marquer ça tout de suite.

Elle s'assit sur le lit et commença à prendre des notes.

– Quoi d'autre ? Je vous écoute.

– Premièrement, dicta Miranda, est-ce que Lucy se trouve vraiment chez sa tante à Polperro ?

– Deuxièmement, poursuivit Peter, est-ce que M. Allenbury est vraiment son père ?
Jenny le regarda.
– Tu ne crois quand même pas à cette histoire de frères jumeaux !
– Non, se reprit-il, mais n'empêche que M. Allenbury est un personnage hautement suspect.
– Bon, alors mettons plutôt : Quel est le plan secret de M. Allenbury ?
– Préparer une opération de contrebande, s'exclama Miranda. C'est évident !
– Troisièmement, continua Peter, pourquoi discute-t-il si souvent avec Jordan ?
– Ah non ! dit Jenny. Ça, c'est tout à fait normal. Jordan est son jardinier.
– En apparence, dit Peter, mais c'est peut-être son complice.
– Note ! dit Miranda. Quatrièmement : Pourquoi Jordan nous interdit-il d'approcher la petite maison ?
– Ainsi que la plage au bout du chemin des falaises, nota Jenny.
– La plage, c'est clair, dit Peter, c'est à cause du bateau.
– D'accord, dit Jenny, mais la cabane ? Qu'est-ce que tu en fais ?
– Et ce type qui était avec lui, demanda Miranda, c'est qui ?
Jenny écrivit à toute vitesse, puis relut ce qu'elle venait de noter.
– Ça fait beaucoup de questions, soupira-t-elle. Et tout ce qu'on a comme réponses,

ce sont quelques suppositions plutôt vagues.
– Attends ! dit Peter, encore une question : Comment Puzzle a-t-il atterri sur cette plage ?
– Et pourquoi n'est-il pas parti avec Lucy ? ajouta Miranda.
– Où est-il, au fait ? demanda Jenny.
Miranda haussa les épaules.
– Probablement dans la chambre de Lucy. Il faudrait qu'on s'en occupe.
Peter se leva.
– J'y vais. Attendez-moi !
Quand il revint, il avait l'air soucieux.
– Il n'y est pas.
Il sortit sa lampe de poche de son sac à dos.
– Venez ! On va le chercher. Quand un chien a du chagrin, il se réfugie parfois dans un endroit sombre.
– Moi, je ne vais dans aucun endroit sombre de cette maison sans une deuxième lampe de poche, déclara Miranda. Jenny, va chercher la tienne ! Tu imagines ? Si celle de Peter tombe en panne, on aura bonne mine.
– J'ai une pile toute neuve ! protesta Peter. Mais faites comme vous voulez. Moi, en attendant, je vais prendre des biscuits pour chiens à la cuisine. Il doit sûrement avoir faim.
À leur surprise, ils retrouvèrent Puzzle dans la bibliothèque, couché au pied d'une étagère. Il leur jeta un regard de détresse, se leva et commença à gratter le bois de la plinthe en jappant.

– Viens, mon petit Puzzle ! l'appela Peter en lui tendant quelques biscuits. Mais Puzzle refusa totalement d'y prêter attention et continua à gratter.

– Donne-moi les biscuits ! dit Miranda. Il me connaît mieux que toi.

Peter leva les yeux au ciel mais fit ce qu'elle lui avait demandé. Miranda s'approcha de Puzzle pour le prendre dans ses bras. Le petit chien grogna en montrant ses dents et se blottit contre le bas de l'étagère.

– Pauvre Puzzle ! dit Jenny. Il a l'air terrorisé. Le mieux c'est qu'on attende jusqu'à ce qu'il reprenne confiance en nous.

Un peu honteuse, Miranda glissa les biscuits dans sa poche et se mit à contempler les rangées de livres. Tout à coup, son regard s'anima. Elle pointa vers le haut de l'étagère.

– *Le Mystère de la falaise,* s'écria-t-elle. Voilà le livre qu'il nous faut !

Elle s'approcha de l'étagère et se haussa sur la pointe des pieds pour attraper le livre. D'un bond, Puzzle fut sur ses pattes et cogna à plusieurs reprises son museau contre ses mollets. Miranda poussa un cri de surprise, lâcha le livre et s'agrippa au montant de l'étagère. Ses doigts enfoncèrent une petite lame de bois.

On entendit un léger déclic, et soudain, comme par enchantement, le montant commença à avancer, à se décoller lentement du mur. Miranda recula pendant que

Puzzle aboyait furieusement, essayant d'introduire son museau dans la fente.
– C'est une porte secrète, murmura Miranda en tremblant comme une feuille. Vous avez vu ? Il suffit d'appuyer ici.
Elle se passa la langue sur les lèvres.
– Il y a un mécanisme ! Je l'ai senti sous mes doigts. Vous voulez que j'essaie encore une fois ?
– Oui, vas-y ! dit Peter.
Miranda appuya de nouveau sur la lame. Avec un chuintement à peine perceptible, l'étagère tourna sur ses gonds. L'ouverture obscure s'agrandit.
– Un passage secret ! balbutia Jenny.
Puzzle s'y engouffra, puis se retourna vers eux et se mit à aboyer comme s'il leur demandait de le suivre.
Jenny fit quelques pas en avant et ramassa une petite chose claire qui brillait sur le sol à l'entrée du passage. C'était un nœud en satin bleu ciel.
Les trois amis se regardèrent en silence.
– Elle ne peut quand même pas être là-dedans, murmura Miranda en désignant le passage obscur.
Peter secoua la tête.
– Non, c'est impossible. Elle n'aurait jamais pu atteindre le levier pour faire pivoter l'étagère. Elle est trop petite.
– À moins que quelqu'un ne l'ait fait pivoter avant, réfléchit Jenny à voix haute. Elle serait passée par hasard dans la bibliothèque,

elle aurait vu l'ouverture, elle se serait avancée dans le passage pour voir ce que c'était, et à ce moment-là, l'étagère se serait bêtement refermée derrière elle.

Peter fronça les sourcils.

– Et qui aurait fait glisser l'étagère ?

– Les contrebandiers, chuchota Miranda. Ils ont peut-être leur quartier général là-bas derrière.

– C'est possible, admit Jenny. Mais tu ne crois quand même pas que M. Allenbury, s'il est le chef de la bande, a supporté qu'on enferme sa fille dans ce trou noir ! Jamais de la vie !

– Chut ! fit Peter, taisez-vous !

Un ronflement de moteur remontait vers la maison, une lumière de phares balayait la façade de la maison, des pneus crissaient sur les graviers de l'allée.

– C'est la voiture de M. Allenbury !

– Qu'est-ce qu'on fait ? demanda Jenny. Vite, il faut qu'on prenne une décision !

Une portière claqua.

Peter regarda le petit nœud en satin bleu dans la main de Jenny, puis Puzzle qui semblait les appeler depuis le passage secret. Il respira fort.

– Elle ne peut pas être là-dedans, murmura-t-il, mais il y a ce ruban…

– Puzzle ! cria Miranda voyant disparaître le chien de Lucy dans l'obscurité. Puzzle, je t'en prie, reviens !

– Allons-y ! dit Jenny, on n'a plus le choix.

Miranda, suivie de Peter, s'engouffra dans le passage. Derrière eux, Jenny tira de toutes ses forces sur le montant de l'étagère. Ils entendirent le bruit d'une clé dans la serrure de la porte d'entrée, puis, avec un léger déclic, la lourde étagère se referma sur eux.

8

UNE PETITE LUEUR AU FOND DU TUNNEL

Miranda alluma la lampe de poche de Jenny et poussa un cri. Sur les parois voûtées du passage, leurs ombres dessinaient des silhouettes gigantesques et monstrueuses. Elle frissonna. L'air sentait la pierre humide et, curieusement, un peu aussi l'odeur de la mer.

Peter les avait précédées et leur avait fait signe de le suivre, puis il avait disparu.

– Arrête de faire joujou avec cette lampe et éclaire-nous plutôt le chemin ! lança Jenny à Miranda.

– Ce n'est pas parce que tu es morte de trouille qu'il faut t'en prendre à moi, protesta Miranda. Si on se trouve enfermés dans cet endroit sinistre, c'est de ta faute.

– Par ici !

C'était la voix de Peter. Il les attendait derrière un tournant. Le rayon de sa lampe de poche éclairait une longue enfilade de marches creusées dans la roche et qui descendaient en pente raide.

Miranda se cabra.

– Et où est-ce qu'on va arriver par là ?

– À la sortie, décréta Jenny sans trop y croire.

– Bonne blague ! ricana Miranda. Parce que tu crois encore qu'on va arriver à se sortir d'ici ?

Néanmoins, elle se mit à suivre Peter dans la descente. Jenny se dépêcha de les rattraper en essayant de ne pas trébucher dans l'obscurité. Les deux autres avaient une lampe de poche, mais pas elle.

Soudain, Peter s'arrêta et Miranda faillit le bousculer.

– Regardez ! chuchota-t-il. On dirait qu'il y a de la lumière là-bas.

Il éteignit sa lampe, et Miranda fit de même. Loin devant eux, une lueur incertaine se dessinait sur le sol et la paroi gauche du passage. Cela signifiait que le chemin souterrain tournait encore une fois, à droite cette fois. Quelque part derrière ce tournant se trouvait la source de lumière dont le reflet leur parvenait. Et s'il y avait de la lumière, c'est qu'il y avait du monde ! Mais qui ? Jordan et son complice ?

À l'idée que les deux hommes puissent les découvrir si près de leur repaire, Jenny frissonna de peur. Elle revit le visage menaçant du jardinier et se souvint du grognement menaçant qu'il avait poussé en les apercevant sur le chemin des falaises. Elle tressaillit. Où était Puzzle ? Ils ne l'avaient pas revu depuis qu'ils étaient entrés dans le passage.

– On est où, à votre avis ? demanda-t-elle dans un souffle de voix.

– C'est ce que j'étais en train de me demander, murmura Peter, et je crois que j'ai trouvé. En quittant la bibliothèque, on a tourné à gauche assez rapidement et on a commencé à descendre. Ça fait un moment qu'on descend toujours tout droit. Je pense qu'on va arriver…

– À la plage ? coupa Miranda. Alors ce serait vraiment un vieux passage de contrebandiers ? C'est fou !

Quand Jenny se rendit compte qu'ils se trouvaient dans le ventre de l'immense falaise et que des millions de tonnes de pierre pesaient au-dessus de leurs têtes, un sentiment de panique s'empara d'elle. Le sang battait si fort contre ses tempes que ses pensées se brouillèrent. Sa gorge se noua et elle crut qu'elle allait étouffer. Sentant ses genoux se dérober sous elle et tout son corps s'engourdir, elle s'agrippa à la paroi rocheuse. La pierre s'effrita sous ses doigts et Jenny tomba à la renverse pendant que des morceaux de roche éclataient sur le sol avec un crépitement assourdissant. Une douleur aiguë la transperça, puis elle perdit connaissance.

Elle sentit des mains la soulever.

– Ça va, Jenny ? Tu t'es fait mal ? Jenny ! Mais bon sang, dis quelque chose !

Peter la secoua gentiment.

– Mon coude ! gémit Jenny en revenant à elle. Je suis tombée dessus et ça fait drôlement…

– Au secours ! s'écria Miranda au même moment. Il y a un gros rat qui est passé entre mes jambes !

Tout en soutenant Jenny, Peter appuya sur le bouton de sa lampe de poche et Miranda se calma aussitôt.

– C'est toi, Puzzle ? Mais d'où tu viens ?

Elle se baissa et caressa le petit chien qui se mit à aboyer bruyamment.

– Empêche-le d'aboyer ! chuchota Peter, ou on va se faire repérer.

Mais Puzzle s'était déjà échappé. Il s'enfuit en direction de la petite lumière, puis tourna le coin et disparut.

En maintenant son coude endolori, Jenny s'avança silencieusement vers le tournant, suivie par les deux autres. Elle passa sa tête avec précaution et retint un cri de surprise. Devant elle, dans le passage qui s'élargissait en une petite pièce voûtée éclairée par une lampe-tempête, se dressait un lit de camp. Recroquevillée au fond du lit, emmitouflée dans une vieille couverture grise, elle distingua une petite silhouette

aux cheveux flamboyants qui tenait Puzzle tendrement enlacé.
– Lucy ! cria Peter.
En bousculant Jenny, il se précipita vers la petite fille et la prit dans ses bras. Lucy se blottit contre lui et éclata en sanglots.
Sans un mot, Jenny et Miranda s'assirent à côté d'eux. Petit à petit, les sanglots de Lucy s'espacèrent. Elle saisit un pan de drap et se moucha.
– C'est Puzzle qui vous a amenés ici ?
– Oui, dit Miranda. Il est drôlement intelligent, ton chien.
Lucy sourit.
– Je savais bien qu'il allait me sauver.
– Comment ça s'est passé ? demanda Jenny.
Lucy recommença à pleurer. Peter la prit sur ses genoux. Puzzle sauta à terre et se posta devant eux, comme pour les protéger.
– Vas-y, Lucy ! dit Peter tout bas. Raconte-nous !
– C'est Jordan qui m'a emmenée ici. Il était avec un autre homme. Ils sont venus dans ma chambre pendant que je dormais. Ils m'ont réveillée, et Jordan m'a dit que si je faisais le moindre bruit, ils allaient faire du mal à mon chien. J'ai eu très peur, et Puzzle s'est mis à aboyer. Alors, l'autre lui a mis un truc...
– Une muselière ?
– Oui, peut-être, et puis, ils nous ont emmenés. Jordan a dit à l'autre que si mon

papa voulait me revoir, ça allait lui coûter cher. Il est où, mon papa ? Pourquoi il n'est pas avec vous ?

– Il… il est là-haut dans la maison, bredouilla Peter. Il t'attend.

Les trois amis se regardèrent. À présent, tout s'expliquait. Jordan et son complice avaient enlevé Lucy, et ils avaient probablement demandé une forte rançon à son père. C'était sûrement pour trouver l'argent nécessaire que M. Allenbury était parti à Exeter, la ville la plus proche.

– Des kidnappeurs ! murmura Miranda entre les dents. Comment il s'appelait, l'autre ?

– Blake. C'est lui qui m'a dit qu'ils allaient tuer Puzzle si j'essayais de crier. Ils nous ont emmenés ici, et puis, ils sont repartis. J'ai vite enlevé la « museautaire » de Puzzle, mais il a recommencé à aboyer comme un fou. Alors, je me suis dépêchée de le faire sortir.

– Mais par où ? demanda Jenny. Je ne vois aucune sortie.

– Je vais vous faire voir.

Lucy sauta du lit et se dirigea vers le fond de la pièce, suivie par Puzzle et les trois amis. De l'autre côté, le passage continuait. Peter se tourna vers Jenny et Miranda et leur murmura :

– Tout à l'heure, le bruit de la voiture, c'était M. Allenbury qui revenait avec l'argent de la rançon.

– Et moi qui l'ai pris pour un contrebandier ! chuchota Miranda. Je suis la reine des imbéciles.
Jenny soupira.
– On est au moins deux. Mais maintenant, il faut qu'on sorte Lucy d'ici le plus vite possible…
– … Et qu'on prévienne M. Allenbury avant qu'il ne verse la rançon, ajouta Peter.
– Regardez ! cria Lucy. C'est ici !
Une porte basse faite de rondins de bois fermait le passage. Peter appuya sur la poignée et poussa. En vain ! La porte ne céda pas.
– Pas la peine, dit Lucy, elle est fermée à clé, et c'est Jordan qui a emporté la clé.
– Mais alors, comment as-tu réussi à l'ouvrir ?
Du haut de ses sept ans, Lucy le toisa du regard. Ses yeux bleus lançaient des éclairs, et elle tempêta :
– Non mais, sérieusement, tu crois peut-être que je serais restée ici si j'avais pu l'ouvrir ? C'est par là que j'ai fait passer Puzzle.
Elle s'agenouilla et montra un petit espace entre le bas de la porte et les pierres usées du seuil.
– Il ne voulait pas, alors je l'ai poussé.
Miranda se baissa. Il y avait juste la place pour qu'un chien aussi petit que Puzzle puisse se glisser à l'extérieur.
– Je ne comprends pas. Si cette porte donne sur les rochers où on a trouvé Puzzle, on aurait dû la voir d'en bas. Or, on n'a rien vu.

– Mais si, dit Jenny, souviens-toi ! On a vu un trou dans la falaise. Je pense que de l'autre côté de cette porte, il y a une petite grotte. Puzzle l'a traversée, puis il a dû sauter du haut et glisser sur les pierres mouillées. Et c'est comme ça qu'il s'est blessé.

– Quoi ? cria Lucy. Puzzle est blessé ?

– Ne t'inquiète pas, dit Miranda en l'entourant de ses bras, c'est déjà guéri.

Jenny tira Peter à l'écart.

– Ça veut dire que leur bateau se trouve tout près d'ici.

– Oui, et qu'il est prêt à partir.

– Et si M. Allenbury n'a pas pu trouver l'argent ?

Peter pâlit. Il n'avait pas pensé à cette éventualité. En essayant d'esquisser un sourire rassurant, il se tourna vers Lucy.

– Donne-moi la main ! On va vite remonter à la maison. Ton papa sera content de…

– Chut ! fit Miranda. J'entends quelque chose !

C'étaient des voix d'hommes qui leur parvenaient du dehors. Elles se rapprochaient, et, soudain, un rai de lumière passa sous la porte.

Les kidnappeurs venaient chercher Lucy !

9

PEUR BLEUE DANS LE NOIR

– Allez, Lucy ! On y va ! dit Peter en tirant sur la main de la petite fille. Montre-moi que tu es capable de courir aussi vite que moi !

– Mon chien ! hurla Lucy. Je ne veux pas qu'ils lui fassent du mal !

– N'aie pas peur ! chuchota Jenny. Tu vois, c'est moi qui vais le porter.

De son bras indemne, elle souleva Puzzle qui recommençait à grogner et se mit à courir en direction de la petite pièce. Peter entraîna Lucy et Miranda ferma la marche. Puzzle aboyait furieusement. Jenny avait beau lui parler doucement et le serrer contre elle, le petit chien s'agitait avec tant de force et d'adresse qu'il finit par lui échapper. D'un bond, il sauta par terre et retourna vers la porte en bois.

– Puzzle ! cria Lucy. Reviens !
Elle arracha sa main de celle de Peter et s'élança vers son chien.
Miranda fut la plus prompte à réagir. Elle attrapa Puzzle au moment où il passait près d'elle, mit la petite boule de poils dans les bras de Lucy et lui murmura à l'oreille :
– C'est toi sa maîtresse. Fais-lui comprendre qu'il doit absolument venir avec nous ! Et essaie de lui donner ça !
Lucy tendit le biscuit à Puzzle qui le rejeta d'un violent coup de museau avant de se blottir contre elle.
Miranda trépigna. Il fallait faire vite, sans pour autant brusquer les choses. D'un instant à l'autre, Jordan et son complice allaient arriver. Elle crut entendre un cliquetis de clés.
– Très bien ! s'entendit-elle dire en poussant Lucy devant elle. Il avait juste besoin de toi. Mais maintenant, on court !
Et Lucy courut. Tous ensemble, ils retraversèrent la petite pièce où elle avait été gardée prisonnière. Commença alors la remontée pénible du couloir étroit qui menait vers la bibliothèque. Au bout de quelques marches, Lucy s'arrêta, essoufflée. Elle fit une caresse à son chien, puis le tendit à Miranda.
– Tu es trop lourd pour moi, Puzzle. Alors, tu vas aller dans les bras de ma copine. Et pas d'histoires, s'il te plaît !
Puzzle ne broncha pas.

– Je vous avais dit qu'il était intelligent, dit Lucy fièrement.

Peter se baissa.

– Allez, dépêche-toi de monter sur mes épaules ! On a encore du chemin à faire.

Il donna sa lampe de poche à Jenny en lui faisant signe de passer devant. Se retournant fréquemment pour s'assurer que Peter et Miranda la suivaient de près, Jenny se cognait contre les parois, trébuchait contre les marches, mais se rattrapait par chance toujours au dernier moment. Elle serrait les dents car son coude lui faisait mal.

Peter respirait fort. Même un poids plume comme Lucy finissait par peser lourd sur les épaules quand il fallait avancer dans un passage secret aussi raide et accidenté.

– Tu les entends ? demanda Miranda à bout de souffle. Ils viennent de s'apercevoir que Lucy a disparu.

Des éclats de voix leur parvinrent depuis la petite pièce. Les deux hommes semblaient se disputer, mais ils ne tarderaient sûrement pas à se lancer à leur poursuite.

– Vite ! Il faut qu'on arrive au tournant avant qu'ils ne nous voient, dit Jenny.

Ils gravirent les dernières marches qui les séparaient du virage avant la bibliothèque. Au moment de tourner le coin, Miranda jeta un regard en arrière. Tout en bas dans le passage, le rayon d'une lampe-torche dansait sur les parois. À leur tour, les kidnappeurs entamaient la montée.

Peter posa Lucy par terre et se précipita vers la porte. Ses doigts cherchaient une poignée, un levier, quelque chose qui aurait permis de l'ouvrir, mais ils ne rencontraient qu'une surface dure et rêche, recouverte de toiles d'araignées qui se collèrent à ses doigts. Or Peter, qui ne craignait pas le noir et ignorait le vertige, avait une peur panique des araignées. Tremblant de dégoût, il essuya ses mains sur son short.

– Là-haut ! cria Jenny. Tu le vois ?

Le faisceau de sa lampe éclairait un levier métallique situé sur le côté de la porte et entouré des lambeaux de toiles d'araignées. Derrière eux, dans le passage, les voix s'approchaient. Quelqu'un toussa, puis cracha bruyamment.

– Je crois que j'ai peur, dit Lucy.

Miranda lui remit Puzzle dans les bras.

– Ne le laisse surtout pas s'échapper ! Il serait capable de les manger tout cru.

Peter visa le levier, ferma les yeux et sauta. Ses doigts frôlèrent le métal.

– Plus haut ! s'impatienta Jenny. Il manque cinq centimètres. Vite ! Il faut que tu y arrives !

Cette fois-ci, il garda les yeux ouverts. Il tira sur le levier, entendit le déclic familier et se jeta contre la porte pour qu'elle s'ouvrît plus vite.

La lumière douce d'un lampadaire éclairait la bibliothèque. Peter fit passer Lucy, Puzzle et Miranda par l'ouverture. Au moment où

il s'y glissait avec Jenny, Jordan et son complice arrivèrent au virage.
– Aidez-moi vite à fermer cette porte ! cria-t-il.
En pesant de toutes leurs forces sur la porte, les trois amis réussirent à la refermer juste à temps. De l'autre côté, la tête grimaçante de Jordan n'était plus qu'à quelques centimètres quand le déclic rassurant retentit, coupant court aux hurlements rageurs du jardinier.
– Vite ! Le bureau ! cria Miranda. Aidez-moi à le pousser. Il faut qu'on bloque la porte !
Ils se mirent derrière l'imposant bureau de chêne et Lucy cria :
– À mon commandement ! Un !… Deux !… Trois !
Ils poussèrent de toutes leurs forces, en peinant car ils glissaient sur le parquet fraîchement ciré par Mme Trelawny.
Dès que le meuble fut en place devant la porte, Miranda s'écroula dans un fauteuil.
– J'ai cru qu'on n'y arriverait jamais !
– Debout ! s'exclama Jenny, les yeux étincelants de colère. Il faut les empêcher de s'enfuir avec leur bateau.
– Ça ne risque rien, sourit Peter en agitant une petite clé qu'il venait de tirer de sa poche. Ça m'étonnerait qu'ils arrivent à démarrer le moteur sans elle.
– Tu as volé la clé du bateau ? s'écria Miranda. Génial ! Fallait y penser !
– Disons que j'ai préféré l'enlever du

contact, dit Peter modestement. L'air marin fait facilement rouiller le métal.

– Bien joué, admit Jenny, mais ils peuvent s'enfuir quand même. Par le chemin des falaises.

– Moi, je vais chercher mon papa ! dit Lucy.

Elle courut vers la porte qui donnait sur le hall d'entrée, mais avant qu'elle n'ait pu l'atteindre, quelqu'un tourna lentement la poignée.

10

TEL EST PRIS QUI CROYAIT PRENDRE

– Qu'est-ce qui se passe ici ? tonna Mme Trelawny, puis elle poussa un cri.
– Lucy ! Mon Dieu ! Mais d'où viens-tu ? Et pourquoi es-tu en pyjama ?
– Parce que j'ai été « pidnaquée », dit Lucy. Et c'est eux qui m'ont sauvée. C'est grâce à Puzzle. Je pourrai lui acheter un jouet demain, madame Trelawny ?
Mme Trelawny n'eut pas l'air de comprendre ce que Lucy lui racontait.
– Jordan et son complice ont kidnappé Lucy, expliqua Peter.
– Pour demander une rançon à son père, ajouta Jenny.
– Vous savez qu'il y a un passage secret là-bas derrière l'étagère ? demanda Miranda.

– Mon père est rentré ? demanda Peter.

– Et M. Allenbury ? ajouta Jenny.

– Papa ! cria Lucy. Où es-tu ?

Elle bouscula Mme Trelawny pour sortir dans le hall, mais la gouvernante la retint par le pan de sa veste de pyjama.

– Reste ici ! ordonna-t-elle, je ne te lâcherai plus une seconde.

– Je veux mon papa ! hurla Lucy en essayant de se débattre, mais Mme Trelawny la souleva et la serra contre sa poitrine.

– Calme-toi, ma petite caille ! Ton papa vient de ressortir, mais il ne tardera pas à revenir.

– Vous savez où il est allé ? demanda Jenny.

– Il ne me l'a pas dit, mais je l'ai vu partir en direction du bois.

Jenny se tourna vers Peter et Miranda. Qu'est-ce que M. Allenbury allait faire dans le bois à cette heure tardive ? À moins que…

– Venez ! dit Peter, il faut qu'on le retrouve avant qu'il ne soit trop tard.

– Ah non ! dit Mme Trelawny sur un ton catégorique. Je vous interdis de quitter cette maison tant que Jordan rôde par ici. C'est à la police de régler cette affaire.

– Vous voulez bien l'appeler, Mme Trelawny ? demanda Peter. Parce que nous, on risque de ne pas nous croire.

– J'y vais de ce pas, dit la gouvernante. Et vous, vous ne bougez pas d'ici ! C'est clair ?

Et elle quitta la bibliothèque avec Lucy dans ses bras et Puzzle sur ses talons.
Jenny referma la porte derrière elle.
– Il faut avertir M. Allenbury avant qu'il ne leur donne l'argent.
Miranda hocha la tête.
– C'est sûrement dans la cabane qu'il a rendez-vous avec Jordan et Blake.
– Ça en a tout l'air, murmura Peter. Alors, qu'est-ce qu'on fait ?
– Résumons ! dit Jenny. Mme Trelawny est en train d'appeler la police. Jordan et Blake savent qu'on a libéré Jenny, mais ils espèrent aussi que M. Allenbury ne le sait pas encore, ce qui est le cas. Alors, ils jouent le tout pour le tout. À l'heure qu'il est, ils doivent être arrivés en bas du passage secret. Ils traversent la grotte, se laissent glisser sur la plage, passent devant leur bateau, sans savoir qu'ils ne pourront pas s'enfuir avec et, maintenant, ils commencent probablement à remonter le chemin des falaises.
Ses yeux brillaient d'excitation.
– Alors vous deux, vous allez essayer de les retenir en leur bloquant le chemin, et moi, je vais partir pour la cabane et chercher M. Allenbury.
– À condition qu'il y soit, remarqua Peter.
– Bien sûr qu'il y sera. Mme Trelawny l'a vu partir en direction du bois.

Son assurance s'émiettait au fur et à mesure qu'elle avançait au milieu des arbres, se battant contre les branches qui lui fouettaient le visage et n'allumant sa lampe de poche qu'en dernière nécessité. Il ne fallait pas qu'elle se fasse repérer. Jordan et Blake étaient peut-être encore sur le chemin des falaises, mais ils pouvaient aussi bien l'avoir devancée ou se trouver juste derrière elle.

Jenny parcourut en rampant les derniers mètres qui la séparaient de la clairière. Elle se cognait les genoux contre les racines, se piquait les doigts aux aiguilles de pin. Ce n'était rien comparé à la douleur lancinante qu'elle ressentait dans son coude.

Comme dans un livre de contes de fées, la silhouette de la cabane lui apparut entourée de la lumière argentée du clair de lune. La porte était close, les fenêtres obscures. Rien ne signalait une présence humaine.

Soudain, juste à côté d'elle, une branche craqua sur le chemin. Jenny tressaillit. En tournant la tête, elle vit une ombre qui fondait sur elle. Une main s'abattit sur son épaule et l'empoigna fermement. Elle hurla de toutes ses forces. La main lâcha prise et quelqu'un murmura :

– Mon Dieu ! Qu'est-ce que c'est encore ?

Jenny reconnut la voix de M. Allenbury. Elle alluma sa lampe de poche.

– C'est moi, Jenny !

– Jenny ? Mais qu'est-ce que tu fais dans ce bois ? Tu t'es perdue ?

Il était pâle, et ses grands yeux sombres la fixaient d'un regard inquiet.

– On a retrouvé Lucy. Elle est en sécurité.

Tout d'abord, M. Allenbury n'eut pas l'air de comprendre, puis son regard s'anima, et il éclata de joie.

– Vous l'avez retrouvée ? Mais où ? Quand ? Comment ? Raconte !

– Je vous raconterai tout à l'heure, mais d'abord, aidez-nous, s'il vous plaît ! C'est urgent ! Peter et Miranda essaient de bloquer Jordan et son complice sur le chemin des falaises. Venez vite ! Il ne faut pas qu'il leur arrive quelque chose !

– Allons-y ! Éteins ta lampe et donne-moi la main ! Je te guiderai.

Pendant qu'ils remontaient vers l'embranchement des trois chemins, Jenny mit rapidement M. Allenbury au courant de la situation.

– Vous avez l'argent de la rançon ?

– Oui. J'allais le déposer dans la cabane comme convenu. Et si je comprends bien, ils n'avaient même pas l'intention de me rendre ma fille. Ils voulaient s'enfuir avec elle. Je ne sais pas ce que je vais leur faire !

Sa voix tremblait de colère.

– Mme Trelawny a appelé la police, dit Jenny pour essayer de le calmer. C'est elle qui s'occupera d'eux.

– Tu as raison. Il ne faut pas que je perde mon sang-froid, mais j'avoue que c'est difficile.

Ils s'apprêtaient à s'engager sur le chemin des falaises lorsqu'ils entendirent des cris et des éclats de voix furieux. Le cœur de Jenny se mit à battre la chamade. Elle s'élança sur le chemin aussi vite que ses jambes fatiguées le lui permettaient et M. Allenbury en fit autant. Elle distingua deux silhouettes qui s'agitaient au bord du ravin et reconnut ses amis.

– Miranda ! Peter ! Tenez bon ! On arrive !

– Ramassez des pierres, cria Peter, on n'en a presque plus !

Jenny et M. Allenbury se regardèrent, perplexes, mais en s'approchant, ils virent Miranda qui lançait des deux mains un gros morceau de roche sur le chemin qui continuait en contrebas et d'où montait un crépitement de jurons.

M. Allenbury dégagea une énorme pierre du sol sablonneux et la fit rouler jusqu'au bord du ravin où il la cala contre une touffe d'herbe. Les mains posées sur la pierre, il se pencha en avant.

– Jordan ! Je sais que tu es là-bas ! Montre-toi où je lâche ce bloc de pierre !

Rien ne bougeait.

– Jordan ! Tu es fichu ! Sors de là, crapule !

Silence !

– Jordan ! Pour la dernière fois ! Remonte ou cette pierre va vous écraser tous les deux, toi et ton complice !

– Bon sang de bon sang, mais fais ce qu'il te dit ! glapit une voix au fond du ravin. Je ne veux pas y laisser ma peau, moi !

– C'est bon, grogna Jordan. J'arrive. Mais

que personne n'essaie de se mettre dans notre chemin ! Sinon, votre fille, vous ne risquez pas de la revoir, Allenbury !

– Quel culot, ce Jordan ! chuchota Miranda. Voilà qu'il essaie de bluffer !

– Chut ! fit Jenny. Regarde derrière toi !

Deux gyrophares clignotaient dans la nuit. Au bord de la pelouse, deux voitures de police venaient de s'arrêter. Et pendant que Jordan et Blake remontaient le chemin des falaises sans se douter de rien, un groupe de policiers descendait silencieusement l'escalier de pierre et se précipitait vers l'endroit où se trouvaient M. Allenbury et les trois amis.

– Monsieur Allenbury ?

– Oui.

– Je suis le sergent Watkins. C'est Mme Trelawny, ma cousine, qui nous a appelés. Où sont les suspects ?

– Ce ne sont pas des suspects, protesta Miranda, ce sont de vrais kidnappeurs, et ils remontent vers ici. Il ne faut surtout pas les laisser filer !

Le sergent Watkins fronça les sourcils.

– Elle veut nous apprendre notre métier, la demoiselle ?

– Excusez-la, sergent, intervint M. Allenbury, c'est l'émotion. Mais ces deux hommes ont bel et bien enlevé ma fille.

– C'est ce que m'a dit Rose, murmura le sergent, puis il se tourna vers ses hommes : En place ! Cueillez-les-moi par surprise ! Et

vous, les enfants, suivez-moi avec M. Allenbury ! Ces types peuvent être armés.
Ils ne l'étaient pas. À l'abri derrière une des voitures de police, les trois amis assistèrent à leur arrestation. Sur le fond de la nuit étoilée, les silhouettes des deux malfrats débouchèrent comme deux ombres chinoises, derrière le tournant de la grande falaise, et aussitôt, la scène s'anima. Encerclés par les policiers, Jordan et Blake levèrent docilement les mains.
– Quel beau spectacle ! s'exclama Miranda, dommage seulement qu'on ne puisse pas voir leurs têtes.
– Je m'en passe très bien, dit Jenny en faisant la grimace, et je ne voudrais surtout pas être là quand ils vont apprendre qui a fait échouer leur projet.
– Venez, les enfants ! dit le sergent Watkins, je pense que vous avez des choses intéressantes à nous raconter. On sera mieux dans la cuisine de Mme Trelawny. Je parie qu'elle nous attend avec un bon thé tout chaud.

– Et en plus, voilà quelques sandwichs ! annonça Mme Trelawny en posant un grand plat bien rempli au milieu de la table. Juste ce qu'il faut pour une petite faim de nuit. Attention Albert, il y a une miette qui vient de tomber sur ton rapport !
Le sergent Watkins chassa la miette puis reprit son stylo-bille.

– Revenons à nos moutons ! Comment avez-vous su que les deux hommes avaient enlevé Lucy ?
– Mais c'est Puzzle qui leur a dit ! s'écria Lucy, assise sur les genoux de son père.
– Chut ! fit M. Allenbury gentiment. Écoute ce que vont dire les grands. C'est très important !
– À vrai dire, précisa Peter, on l'a su par hasard, en suivant le chien dans le passage secret.
– Tu vois ? chuchota Lucy à l'oreille de son père.
– En fait, continua Jenny, on les espionnait parce qu'on croyait que c'étaient des contrebandiers.
– Jordan et Blake des contrebandiers ? s'exclama M. Allenbury. Vous ne manquez pas d'imagination !
Peter rigola.
– Miranda pensait même que vous…
Jenny lui donna un coup de pied sous la table qui le fit taire instantanément.
– Mais ce Blake, vous le connaissez ? demanda-t-elle à M. Allenbury.
– Et comment que M. Allenbury le connaît ! tonna Mme Trelawny. S'il y en a un qui est encore pire que Jordan c'est bien lui. Il y a deux semaines, M. Allenbury l'a surpris en train de voler des timbres de sa collection, et c'est pourquoi il l'a renvoyé. D'ailleurs, il était temps parce qu'il nous aurait volé le toit sur la tête, celui-là.

– Monsieur Allenbury, coupa le sergent Watkins, quel emploi le dénommé Blake occupait-il chez vous ?

– C'était un peu l'homme à tout faire. Il s'occupait de l'entretien des bâtiments, il faisait des réparations… Tenez, le mois dernier, il a repeint toute la bibliothèque.

– Et c'est Jordan qui l'a aidé, ajouta Mme Trelawny. Ils ont vidé toutes les étagères. Quel fourbi c'était !

Peter, Jenny et Miranda échangèrent un regard entendu. C'est donc en enlevant les livres que Blake et Jordan avaient découvert l'entrée du passage secret !

– Ils ne vous ont pas parlé de la porte cachée ? demanda Peter.

– Ils s'en sont bien gardés, répondit la gouvernante. À mon avis, ils avaient déjà une idée derrière la tête.

– Sûrement, murmura le sergent Watkins. Un passage secret comme celui-là, c'est le rêve de tous les voleurs.

– Parce que Jordan vous a volé des choses, lui aussi ? demanda Miranda.

M. Allenbury hocha la tête.

– Commençons par le début, dit-il, sinon vous n'allez rien comprendre. Pierres grises appartenait autrefois à un capitaine au long cours qui collectionnait des instruments de navigation du monde entier. De très beaux objets, certains très rares, très recherchés et valant donc très cher. Quelques-uns ont disparu au cours des derniers mois. D'abord une boussole hollandaise du XVIe siècle, puis une longue-vue fabriquée à Venise et, tout récemment, un sextant portugais. Tous probablement volés par Blake, avec la complicité de Jordan. J'en étais persuadé, mais je n'avais pas de preuves. Jusqu'à ce que je voie, avant-hier, en passant devant la vitrine d'un antiquaire d'Exeter, un objet qui m'était familier. C'était la fameuse boussole !

Vous imaginez ma surprise ! J'entre, je demande à voir la boussole et la reconnais grâce au nom du bateau hollandais gravé dans le cuivre. Je félicite l'antiquaire – un homme au-dessus de tout soupçon – d'avoir trouvé un aussi bel objet, et il m'apprend qu'un homme était venu la veille au soir lui proposer la boussole en disant qu'il l'avait trouvée au fond d'une malle dans le grenier de sa grand-mère qui venait de mourir. L'homme semblait très pressé de la vendre et a absolument voulu être payé en espèces.

Alors, l'antiquaire a commencé à se méfier. Il lui a dit qu'il venait de fermer sa caisse et lui a proposé de revenir le lendemain soir. En attendant, il voulait bien garder la boussole pour la montrer à un riche client de Londres en vacances dans la région. L'homme a hésité un instant, mais devant la grosse somme que l'antiquaire lui faisait miroiter, il a finalement dit oui, et il est parti. L'antiquaire a aussitôt averti la police…

– Exact, murmura le sergent Watkins. Il nous a donné le signalement de l'individu : quarante ans, trapu, cheveux hirsutes couleur blond cendré, et on lui a dit qu'on allait envoyer deux hommes à l'heure du rendez-vous. Mais le suspect ne s'est pas présenté.

– Et pour cause ! continua M. Allenbury, car en rentrant à la maison, je suis allé voir Jordan dans le jardin et je lui ai dit ce que j'avais découvert. Il a tout nié en bloc et m'a ri au nez. Alors mon sang n'a fait qu'un tour. Je lui ai dit que je lui donnais vingt-quatre heures pour déguerpir, sinon j'allais appeler la police. Il était fou furieux.

– C'était au moment où nous sommes arrivés chez vous, n'est-ce pas ? dit Jenny.

– Oui, soupira M. Allenbury. J'aurais mieux fait de me taire en attendant qu'il se fasse piéger chez l'antiquaire. Comme ça, il n'aurait pas essayé de se venger en enlevant Lucy.

– Chut, dit le sergent Watkins, je crois qu'elle s'est endormie. Avec votre permission, monsieur Allenbury, vous devriez demander à Rose, euh… à Mme Trelawny de la porter dans son lit. Il lui faut du calme, à cette petite, après tout ce qu'elle a enduré.

M. Allenbury fit un baiser à sa fille qui dormait paisiblement et l'installa dans les bras de Mme Trelawny.

– Je peux vous appeler Rose, moi aussi ? lui demanda-t-il. C'était le prénom de ma

tante préférée, mais elle cuisinait beaucoup moins bien que vous.
– Je veux bien, sourit la gouvernante. Et ne vous en faites pas pour la petite. Je dormirai dans sa chambre. Viens Puzzle, on va se coucher !
Elle se tourna vers Jenny, Peter et Miranda. Ses yeux brillaient.
– Vous aimez le cirque ?
Les trois amis firent oui de la tête.
– Alors, on y va tous demain à Exeter. C'est Rose Trelawny qui invite. Et après, on va manger des frites, des beignets, des pommes d'amour…
– Des glaces, des saucisses et des barbes à papa, continua le sergent Watkins. Ça me va, je vous rejoindrai après mon service.
Il commença à rassembler ses affaires.
– Comment va ton coude, Jenny ? Les compresses de ma cousine t'ont fait du bien ?
Jenny haussa les épaules.
– Je crois, mais il est toujours enflé.
– Je t'emmènerai faire une radio demain matin, dit M. Allenbury.
– Et ensuite, vous passerez au commissariat pour signer le procès-verbal.
Le sergent Watkins se leva. Il était redevenu très sérieux.
– Les enfants, vous avez été formidables, et vous avez effectivement sauvé la petite Lucy qui se trouvait en grand danger. Nous vous en savons tous gré. Pourtant, ajouta-t-il en

regardant le tableau attendrissant des trois amis rompus de fatigue, dans leurs tee-shirts tâchés, les bras égratignés et les cheveux emmêlés de brindilles, vous savez probablement aussi bien que moi que vous vous êtes comportés de façon très imprudente. On ne plaisante pas avec des gens comme Jordan ! Et on ne se fourre pas dans des passages secrets sans assurer sa retraite ! C'est le B-A-BA des apprentis détectives !

– Qui vous a dit que nous... ? bredouilla Jenny, piquée au vif.

– Ma cousine est une fine mouche. Elle est un peu bavarde, mais ça ne l'empêche pas d'écouter avec beaucoup d'attention.

– C'est mon père qui lui en a parlé, je suppose.

– Oui, il lui en a touché deux mots, confirma Albert Watkins.

– Chut ! fit Miranda, il arrive !

M. Hamilton poussa la porte de la cuisine.

– Que se passe-t-il ? Que signifie cette voiture de police devant la porte ?

– Ce sont mes collègues qui m'attendent, dit le sergent Watkins. Bonne nuit, tout le monde, et à demain au commissariat ! Je serai très heureux de faire votre connaissance, monsieur Hamilton.

D'un pas vif, il quitta la cuisine.

– Demain au commissariat ?

M. Hamilton dévisagea tour à tour Peter, Jenny et Miranda.

– Qu'est-ce que ça veut dire ?

– Oh, le sergent a oublié son stylo-bille ! lança Miranda sur un ton dramatique.
– Vite, il faut le lui rendre ! s'écria Jenny.
– Courons-lui après ! s'exclama Peter. Bonne nuit, papa. À demain matin !
Les trois amis sortirent de la cuisine en trombe, en ayant soin de refermer la porte derrière eux.
– Quelle jolie sortie ! commenta M. Allenbury. Vous ne trouvez pas ?
Le père de Peter se tourna vers lui.
– Qu'est-ce qu'ils ont encore fait ? On ne peut même pas les laisser seuls deux secondes, ces trois-là !
– Calmez-vous, monsieur Hamilton, dit le père de Lucy, et venez vous asseoir un instant. J'ai une belle histoire à vous raconter. Elle va vous étonner.
Le lendemain matin, Lucy frappa à la porte de la chambre de Jenny et Miranda, puis la poussa doucement. Puzzle fila dans la pièce et bondit sur le matelas étendu entre les deux lits. Une tête hirsute apparut.
– Bonjour, les amis, et bienvenue chez les marmottes ! lança Peter d'une voix ensommeillée en désignant Jenny et Miranda qui dormaient encore à poings fermés.
– Qu'est-ce que tu fais ici ? demanda Lucy.
– Jamais deux sans trois, sourit-il, c'est notre devise. Mais entre ! Plus on est de fous et plus on rit !

TABLE

Conception graphique,
direction artistique et réalisation :
Repères Communication

Reproduit et achevé d'imprimer
en février 1997
par l'Imprimerie Floch
à Mayenne
sur papier des
Papeteries de Jeand'heurs
pour le compte des éditions
ACTES SUD
Le Méjan
Place Nina-Berberova
13200 Arles

Dépôt légal
1re édition : mars 1997
N° impr. 41001
(Imprimé en France)